I0664519

UNIONIDÆ

DE L'ESPAGNE

PAR

HENRI DROUET

AVEC DEUX PLANCHES DOUBLES

PARIS

J.-B. BAILLIÈRE & FILS, ÉDITEURS

RUE HAUTEFEUILLE, 19

—

1893

UNIONIDÆ DE L'ESPAGNE

UNIONIDÆ

DE L'ESPAGNE

PAR

HENRI DROUET

AVEC DEUX PLANCHES DOUBLES

PARIS

J.-B. BAILLIÈRE & FILS, ÉDITEURS

RUE HAUTEFEUILLE, 19

—

1893

UNIONIDÆ DE L'ESPAGNE

INTRODUCTION

§ 1.

Lorsqu'en 1846, M. le docteur D. Mariano de la Paz Graells (aujourd'hui le vénérable doyen des zoologistes d'Europe, membre de l'Académie royale des sciences de Madrid), publiait le catalogue des mollusques observés en Espagne, il s'exprimait ainsi en parlant des Nayades, dont il citait huit espèces :

« Creo que el número de especies de este género
« (*Unio*) y del *Anodonta* será mucho mayor en nues-
« tra fauna : yo poseo algunas que no he podido
« referir fijamente á ninguna de las conocidas ; y
« en mi dictámen creo debe guadarse suma cir-
« cunspeccion en aumentar sin fundamento seguro
« las especies de un género cuyo estudio se hace
« cada dia mas dificultoso....» (1).

Certes le conseil était sage, et pouvait être appliqué, non seulement aux espèces de la famille des *Unionidæ*, mais à tout autre groupe de mollusques soumis, comme celui-ci, à des influences nombreu-

(1) Graells, *Catálogo de los moluscos terrestres y de agua dulce observados en España*, 1846.

1*

ses entraînant la variabilité morphologique. D'un
autre côté, nous pensons que ce n'était pas le cas
de le prendre absolument à la lettre, en présence
d'une faune aussi originale et aussi diversifiée. Et
cependant c'est ce que les naturalistes espagnols
ont fait. Mis en méfiance par cet avertissement,
d'ailleurs judicieux, ils semblent avoir négligé la
famille des Nayades et tous les mollusques bivalves
en général, dont on ne connut guère, pendant longtemps, que les espèces indiquées par M. Graells,
jusqu'au jour où des étrangers ont appelé de nou-
veau l'attention sur la malacologie fluviatile de l'Espagne.

Sans parler de Moquin-Tandon, lequel avait si-
gnalé l'*Unio Hispanus* dès 1844, nous arrivons à
Rossmœssler qui, à la suite d'un fructueux voyage
en Espagne, a consacré un fascicule entier de l'*Iconographie* aux mollusques terrestres et d'eau douce
de la péninsule ibérique, notamment aux pélécypodes. Et il faut aller jusqu'en 1864 et 1865 pour
voir M. Bourguignat mettre en relief les richesses
de la faune espagnole, dont il avait reçu de fort
beaux spécimens provenant de l'Albufera de Valence,
de l'étang de Bañolas et du Guadalquivir. Il en pu-
blia selon son habitude, à cette époque, d'excellentes
figures (1).

A dater de ce moment l'impulsion était donnée ;
plusieurs professeurs universitaires et quelques naturalistes libres ont cherché et leurs investigations

(1) Rossmœssler, *Iconographie*, vol. 3, 1854 ; Bourguignat, *Malacologie de l'Algérie*, vol. 2, 1864 ; (Acéphales de l'Espagne) dans
Mollusques nouveaux, litigieux ou peu connus, 5e fascicule, 1865.

ne sont pas restées infructueuses. Aussi que de belles découvertes ont été opérées! Que de surprises
étaient réservées aux zoologistes et que d'excellentes trouvailles restent encore à effectuer!... Les
prévisions de A. de Humboldt, et celles de Bory de
Saint-Vincent, sur les productions naturelles de la
péninsule, se sont pleinement réalisées.

C'est ainsi que M. Hidalgo, auquel la malacologie
doit tant de travaux importants, a pu, dès 1875, en-
treprendre la publication d'un catalogue iconogra-
phique et descriptif des mollusques terrestres de
l'Espagne, œuvre excellente, dont tous les naturalistes réclament instamment l'achèvement, tout en
regrettant qu'il laisse de côté les espèces fluviatiles
pour s'attacher exclusivement aux coquilles terrestres.

C'est ainsi, encore, que M. le Dr Georges Servain,
à la suite d'une excursion rapide en Espagne et en
Portugal, a publié une étude sur les mollusques
de la péninsule, étude dans laquelle il a décrit beaucoup de formes nouvelles, notamment plusieurs
Unionidés.

En outre, M. le Dr Kobelt, le savant continuateur
de l'œuvre de Rossmæssler, a décrit et figuré, à l'aide
de matériaux adressés par M. le professeur Calderón, plusieurs types curieux du Guadalquivir et du
Guadaira.

Enfin, nous ne saurions parler des publications
intéressant la conchyliologie de l'Espagne, en général, sans rappeler le beau livre de A. Morelet sur
les mollusques du Portugal. La faune malacologique
fluviatile du Portugal a des affinités trop évidentes,

des points de contact trop manifestes, avec celle de l'Espagne, pour qu'il soit permis de passer sous silence cet ouvrage remarquable et connu de tous les conchyliologues. La même raison nous fait mentionner ici le mémoire de M. José da Silva et Castro sur les Anodontes du Portugal, essai qui aurait gagné à être accompagné de quelques planches (1).

La vérité est que l'Espagne, il faut le reconnaître, est une terre promise pour les zoologistes, et il suffit de jeter les yeux sur une collection de mollusques terrestres et d'eau douce de ce pays pour se rendre compte de la réalité de cette assertion. Ce sont, pour la plupart, toutes formes originales et spéciales. Les mollusques pélécypodes, en particulier, offrent des types et des variétés qui ne se trouvent que dans la péninsule.

Les *Unionidæ* habitant exclusivement les eaux douces, il s'ensuit que leur étude est liée intimement à celle des cours d'eau (fleuves, rivières, ruisseaux), des lacs, des étangs, des marais, des canaux, des mares. Or les bassins fluviaux forment précisément des régions naturelles qu'il est intéressant de connaître, au moins dans leurs lignes principales, surtout dans une contrée où le relief du sol est aussi

---

(1) Hidalgo, *Catálogo iconografico y descriptivo de los moluscos terrestres de España, Portugal y las Baleares*, 1875-1884 ; 45 planches (en publication). — Servain, *Etude sur les mollusques recueillis en Espagne et en Portugal*, 1880. — Kobelt, *Iconographie*, N. F. vol. 3 ; 1888. — Morelet, *Description des mollusques terrestres et fluviatiles du Portugal*, 1845 ; *Révision des mollusques terr. et fluv. du Portugal*, 1877. — I. da Silva e Castro, *Contributions à la faune malacologique du Portugal.* I. *Anodontes*, 1883. — Nobre, *Catal. des moll. des environs de Coïmbre*, 1886.

compliqué, où la structure orographique est aussi étrange (A. de Humboldt). Malheureusement, il s'en faut de beaucoup que les bassins fluviaux de l'Espagne aient été explorés, comme ils méritent de l'être, par les naturalistes. Jusqu'à présent les recherches ont été limitées aux grandes artères, et la plupart des affluents ont été négligés. Il restera donc beaucoup à faire pour les futurs investigateurs, et si le tableau de la famille des Nayades, tel que nous allons l'exposer, peut donner une idée provisoire de l'intérêt qui s'y rattache, il est loin d'être achevé. Nous ne pouvons donc qu'inviter les zoologistes de la péninsule à diriger leurs études du côté de la faune fluviatile ; ils sont certains d'être récompensés de leurs peines. Que l'on entreprenne pour les mollusques d'eau douce ce que M. Hidalgo a fait, si heureusement, pour les espèces terrestres, et l'on pourra se convaincre de la variété, de la richesse de cette faune privilégiée ! En attendant, et bien que nos informations ne soient pas aussi complètes que nous l'aurions désiré, nous tenterons, dans le succinct aperçu qui va suivre, d'esquisser les traits saillants des bassins de la péninsule et leur hydrographie dans ses rapports avec le sujet spécial que nous traitons. Tel un stratégiste, avant d'entrer en campagne, commence d'abord par étudier le terrain sur lequel il doit évoluer.

§ 2. — VERSANT MÉDITERRANÉEN

Catalogne. — Cette région ne renferme que de petits bassins de fleuves côtiers : le Muga, le Fluvia, le

Ter, le Tordera, le Llobregat, le Francoli, dans lesquels les animaux que nous étudions sont plus ou
moins abondants, selon que ces cours d'eau sont de
petits fleuves ou de simples torrents. Ils ont été bien
observés sous l'aspect malacologique par les naturalistes catalans (par ceux de Barcelone en particulier), parmi lesquels nous pouvons citer M. Bofill,
M. Salvañá, M. de Chia, M. Martorell, M. Courquin
de Sarria, M. Serradell, M. Coronado, M. Bolós, et
même par quelques Français tels que M. Penchinat,
M. Fagot, et autres. Les espèces dominantes de ces
cours d'eau secondaires sont les variétés de l'*Unio
littoralis*, les *U. Aleroni*, *Turtoni*, les *Anodonta littoralis*, *latirostris*, *mollis*.

C'est dans cette région que se trouve le petit lac
de Bañolas (province de Gerona), qui mérite d'être
cité comme abritant des types de très bon aloi, en
partie décrits par M. Bourguignat : les *Unio subreniformis* et *Penchinatianus* ne sont pas des formes
banales (1).

Bassin de l'Ebre. — Considéré dans son ensem-
ble, ce bassin, qui occupe 83500 kilomètres carrés,
c'est-à-dire, un sixième de la surface totale de l'Es-

_____

(1) Bofill, *Catálogo de los moluscos testáceos del llano de Barcelona*, 1879. — Salvañá, *Introduccion á la fauna malacologica de
Vallvidrera, y Catálogo de los Moluscos del territorio*, 1884 ; *Des-
cripcion de la comarca de Olot y Monografia de los moluscos de
aquel territorio*, 1888 ; *Catálogo de moluscos de Mataró*, 1889. —
De Chia, *Catálogo de los moluscos testáceos de la comarca de Gerona*, 1886 ; *Moluscos terrestres y de agua dulce de los alrededores de
Barcelona*, 1887 ; *Moluscos terr. y de agua dulce de la provincia
de Gerona*, 1893. — Fagot, *Contribution à la faune malacologique de la Catalogne*, 1884.

pagne, a une forme géométrique assez régulière,
celle d'un triangle dont la base repose sur les sierras de la Catalogne, jusqu'à la sierra de Gudar, et
dont le sommet se trouve dans les Pyrénées canta-
briques, non loin de l'Océan Atlantique. L'Ebre,
qui parcourt 685 kilomètres, serpente au fond de la
dépression médiane du bassin, en maintenant, malgré tous ses méandres, une direction perpendicu-
laire à la Méditerranée où il doit aboutir. Son origine est sur les hauts plateaux de Santander près
de Reinosa ; ses premières eaux proviennent des
pentes orientales de la Peña-Labra dont il reçoit les
neiges et de la source très abondante nommée Fontibre, à une hauteur de 847 mètres. C'est en fran-
chissant une série d'obstacles qu'il se dirige vers le
sud-est. A Logroño, sa vallée s'élargit, mais il n'a
l'aspect d'un fleuve que lorsqu'il s'est grossi des
eaux de l'Ega, de l'Aragon et de l'Arga au nord, du
Cidaco et de l'Alhama au sud. Sur la rive gauche
le canal de Tauste, sur la droite le canal impérial,
servent à la navigation et à l'irrigation des champs,
de Tudela à Saragosse. Avant d'atteindre ce der-
nier point, le Jalon, le Huerva, qui viennent de la
cordillère ibérique, l'Aragon et le Gállego, qui se
précipitent des Pyrénées, lui ont apporté leur tribut.
Mais l'affluent le plus volumineux est le Sègre, vrai
fleuve des Pyrénées centrales, grossi des deux No-
guera et du Cinca. En s'approchant de la barrière
que lui opposent les montagnes de la Catalogne, il
lui faut se reployer en méandres nombreux avant de
trouver une issue pour gagner la mer, par le défilé
de las Harmas, en arrosant la belle huerta de Tortose.

Au point de vue du régime hydraulique, le cours de l'Ebre peut se diviser en trois sections : 1° supérieure, depuis Fontibre jusqu'à Miranda de Ebro, avec un lit étroit et un cours rapide, et un débit de 20 mètres cubes à l'étiage de Miranda ; 2° moyenne, de Miranda à Saragosse, avec un lit plus large et moins rapide, et un débit de 45 mètres cubes à Tudela ; 3° inférieure, de Saragosse à la Méditerranée, avec un lit étroit et profond depuis Mequinenza, et un débit de 135 mètres cubes depuis le confluent du Sègre.

Le fleuve traverse le terrain secondaire jusqu'à Haro, puis le miocène jusqu'à Mora de Ebro ; il retrouve ensuite divers étages du terrain secondaire, et finalement son delta est formé de terres d'alluvion (1).

En considérant une artère de cette importance, et un réseau d'affluents aussi nombreux, qui pourrait supposer qu'il y ait pénurie d'eau fluviale dans certaines parties de ce bassin ?... Tel serait cependant le cas si nous en croyons les rapports des voyageurs et des géologues. De vastes espaces, désignés sous le nom de *secanos*, sont d'une aridité indomptable. Dans tous les cas, les mollusques bivalves n'y sont pas très abondants, en particulier dans le genre *Anodonta*. Les variétés de l'*Unio littoralis* semblent devoir dominer, surtout dans les rivières torrentueuses qui descendent des Pyrénées ; mais la gloire du bassin est l'*Unio sinuatus*, dont

---

(1) Elisée Reclus, loc. cit. — Institut géographique d'Espagne, *Documents officiels*, 1892.

on a pêché de beaux spécimens dans l'Ebre, à Escatron.

En résumé, nous estimons que ce bassin a été à
peine effleuré jusqu'ici et qu'il comprend un vaste
champ d'exploration, presque neuf pour les conchyliologues. Les seuls naturalistes qui possèdent, dès
à présent, quelques matériaux pour la famille des
Unionidæ sont MM. Salvañá, M. de Chia, Serradell,
Fagot, et quelques autres. Nous recommandons en
particulier les canaux latéraux de l'Ebre aux futurs
collectionneurs de pélécypodes.

Bassin du Guadalaviar ; Albufera de Valence. —
Le Guadalaviar (ou Turia, dans son cours inférieur)
est un petit fleuve d'importance secondaire, souvent
à sec sur plusieurs points. Né sur le versant orien-
tal du plateau des Castilles, il entre dans la plaine
par une succession de rapides. L'aire du bassin est de
8000 kilomètres carrés, la longueur du cours de 300
kilomètres, le débit le plus faible de 10 mètres cubes.
On y a cependant rencontré une forme particulière :
l'*Unio circinatus*. Mais le point capital du bassin est
le lac ou Albufera de Valence.

L'Albufera de Valence (1) est probablement le réservoir le plus riche en espèces fluviatiles (notamment en *Unionidæ*) qui existe sur le territoire espagnol. D'une superficie de 8500 hectares, cette masse
d'eau douce, d'une médiocre profondeur (5 mètres

---

(1) Le nom d'*Albufera*, qui est d'origine arabe (*al bohëirah*, la
petite mer) s'applique à divers autres lacs ou lagunes d'Espagne.
Indépendamment de celles dont nous parlons, on en cite deux dans
la province d'Alméria, une dans le district d'Alicante (*Albufereta*),
et une dans la province de Ciudad-Real (*Albuhera*).

vers le centre), est située au bord de la Méditerranée, dont elle n'est séparée que par une étroite
bande de terre. Son fond est vaseux ; sa tempéra-
ture moyenne est assez élevée. Au premier abord,
on la prendrait pour une vaste lagune, séparée de
la mer par une mince chaussée ; mais son eau est
douce, et sa faune est exclusivement lacustre. Elle
reçoit les eaux des ravins qui l'entourent et celles
du rio Chiva ; elle déverse son trop plein dans la mer
par un canal sableux de 2 kilomètres environ de longueur (la Gola de la Albufera). C'est dans l'Albufera
de Valence qu'a été recueillie une bonne partie des
Unionidæ espagnols, et, dans tous les cas, des formes originales et intéressantes. Ce n'est donc pas
sans raison que ce lac passe pour l'un des réceptac-
cles de l'Europe les plus riches en mollusques aquatiques, se trouvant plus peuplé, sous ce rapport, que
le lac de Genève, et non moins habité que les lacs
de la Lombardie. Si nous en jugeons par les envois
de MM. Boscá, Hidalgo, Salvañá, peu de cuvettes la-
custres peuvent soutenir la comparaison pour l'abondance des individus et la variété des espèces. Le
genre *Anodonta*, en particulier, s'y trouve ample-
ment représenté, et l'une des formes les plus remarquables est l'*A. nobilis*, une des plus belles de l'Europe ; on peut citer aussi les *A. viriata, melinia,
adusta, emaccrata*, les *Unio Valentinus, Courqui-
nianus, Graellsianus*, etc.

L'Albufera de Valence est riche encore en animaux de toutes sortes, surtout en poissons, et sur
ses bords nichent et pullulent d'innombrables agglo-
mérations d'oiseaux aquatiques : sa pêche et sa chasse

sont renommées depuis Pline. Les insectes et les an-
nélides y sont également très nombreux. On y rencontre en abondance le *Spongilla fluviatilis*.

Dans la même province existent deux autres albuferas plus petites : celle d'Anna, et celle d'Alcudia.

Bassin du Júcar. — A son point de départ (la
Muela de San Juan, 1478 mètres) le Júcar coule
comme s'il devait aller se réunir au Tage ; il reçoit
alors beaucoup d'eau par les affluents qui débouchent
dans les Ojuelos de Valdeminguete, à quelques kilomètres au nord de Tragacete, puis il se retourne
au sud pour atteindre, par une série de coupures,
la Méditerranée. L'aire du bassin est de 15000 kilomètres carrés, le cours de 511 kilomètres, avec un
débit moyen de 22 mètres cubes. Comparativement
au Segura, le Júcar a peu d'obstacles à franchir, à
cause de la plus grande simplicité du relief orographique dans la majeure partie de sa course. Ce bassin, jusqu'ici insuffisamment exploré, bien que
M. Boscá en ait visité quelques points, a fourni déjà
plusieurs bonnes espèces, parmi lesquelles on peut
citer les *Unio Valentinus, Gandiensis* et *circinatus.*

Bassin du Segura. — Le Segura, dont le bassin
mesure 22000 kilomètres carrés, le cours 350 kilomètres, n'a qu'un débit moyen de 10 mètres cubes.
Avant d'entrer dans la plaine de Murcie, il traverse
plusieurs chaînes de montagnes et descend ainsi
de gradin en gradin, par autant de portes de rochers,
d'une hauteur moyenne de trois cents mètres. Le
Mundo, qui est son principal affluent, provient de

l'âpre Sierra de Segura : il reçoit les eaux de la Sierra
de Alcaraz, et se réunit au Segura qui, vers son embouchure, forme une masse liquide assez considérable. C'est le Segura qui a fourni les plus grands spécimens de l'*Unio umbonatus*, pêchés à Orihuela par
M. Cortadellas, dans une région fameuse par sa
plantureuse végétation.

Entre l'embouchure du Segura et la forêt de pal-
miers d'Elche *(palmeras)*, il existe un lac au bord
de la mer : l'Albufera d'Elche, dans laquelle se déverse le Vinalapo. Mais aucun naturaliste n'a, jusqu'à présent, songé à explorer co réservoir lacustre,
peut-être aussi peuplé que celui de Valence. Aussi
formulons-nous ce vœu, ou ce désidératum : reconnaître la faune fluviatile du Vinalapo et de l'Albufera
d'Elche.

A une faible distance au nord de Carthagène, il y
a bien encore une grande lagune de 164 kilomètres
carrés de superficie, nommée *Mar Menor*. Mais nous
ne sachons pas que ce vaste bassin ait été visité par
des malacologistes, bien qu'il soit vraisemblable d'y
rencontrer des mollusques. Ce que l'on sait, c'est
qu'il renferme beaucoup de poissons. Il serait intéressant de constater si les Nayades y sont repré-
sentées, ce qui semble très douteux, en raison de la
communication constante de cette grande lagune
avec la Méditerranée.

§ 3. — VERSANT DE L'OCÉAN

Bassin du Guadalquivir. — Le bassin du Guadalquivir, tributaire de l'Océan Atlantique et en

même temps l'un des plus riches, à tous égards, de la péninsule, occupe une zone d'une longueur moyenne de 360 kilomètres sur une largeur assez uniforme de 150 kilomètres. La surface totale du bassin comprend 56522 kilomètres carrés. Les premières sources du fleuve se trouvent sur le plateau des Campos de Hernan Pelea, à 1600 mètres, région de 30 kilomètres carrés, où la neige tombe abondamment, et où l'eau produite par le dégel, sans écoulement, est absorbée dans le sol et alimente les sources principales. La limite nord du bassin est formée par la sierra Morena, qui verse ses eaux dans le Guadalquivir et dans le Guadiana ; la limite sud par la sierra Nevada et ses ramifications, qui déversent leurs eaux directement dans la Méditerranée et dans l'Océan. Ses principaux affluents sont : le Guadiana Menor, le Guadalimar, le Génil.

La pente du fleuve, ainsi que celle des affluents, est très inégale. Plus grande naturellement à son origine, elle diminue graduellement jusqu'à l'embouchure, après des pentes variables en rapport avec l'orographie, la nature des terrains traversés et les dépôts qui forment les lits.

Une grande partie du bassin est occupée par des terrains tertiaires (vallée du Génil et affluents) à roches perméables. Les roches anciennes (archaïques, cambriennes et siluriennes) couvrent la presque totalité de la surface qui verse ses eaux par la rive droite. La partie supérieure du bassin, dans laquelle coulent le Guadalquivir et le Guadiana Menor, est formée par des terrains épigéniques riches en marnes bariolées, des gypses, du sel, etc. Toute cette série de roches apportent aux cours d'eau des produits variés, mais surtout des boues argileuses qui prédominent dans le Guadalquivir et qui semblent peu favorables à la vie des bivalves. Immédiatement au-dessous de Séville débouche le Guadaira, rivière dont les eaux sont, au contraire, extrêmement calcaires et conséquemment propices aux mollusques de la famille des Nayades.

Le climat du bassin est pluvieux en automne et au printemps : c'est l'époque des grandes crues et des inondations fertilisantes. L'été, par contre, y est très sec : le volume d'eau des rivières, et même du Guadalquivir, diminue d'une façon extraordinaire pendant cette saison.

Par suite de la faible pente du lit inférieur et de la résistance opposée à son écoulement par les marées, le Guadalquivir semble, depuis Séville jusqu'à la côte, une artère beaucoup plus grande qu'elle ne l'est en réalité. Un jaugeage opéré à Séville, à marée basse, a donné un écoulement de 53,370 mètres cubes par seconde, avec cette formule :

Largeur totale . . = 239 mètres.
Surface . . . . . = 285,43 mètres carrés.
Vitesse moyenne. = 0,187 m. (1).

Plusieurs naturalistes ont étudié les mollusques fluviatiles de ce bassin. Grateloup, entre autres, en possédait dans sa collection de fort beaux échantillons. Rossmæssler, au cours de son voyage en Espagne, s'était arrêté en Andalousie. Mais c'est surtout

(1) Calderón, in litt.

M. Salvador Calderón, professeur à l'université de
Séville, qui a recueilli de nombreux matériaux, à
l'aide desquels M. le Dr Kobelt, en 1888, et M. le
Dr Westerlund, en 1892, ont publié des notices sur
la malacologie du bassin. C'est de ce savant aussi
que nous tenons les documents dont nous avons fait
usage au cours de cette étude, documents qu'il nous
a communiqués, sous toutes les formes, avec une
grande libéralité (1).

Malgré tout, il reste encore à explorer de nombreux cours d'eau, en Andalousie : le Guadalete, le
rio Tinto, l'Odiel, par exemple, et le haut Guadalquivir. Sans compter tous ceux qui, des pentes des
sierras littorales, se déversent directement dans la
Méditerranée, tels que le Nogatte, l'Almanzora, le
rio d'Almeria, l'Adra, le Guadalfeo, le Guadalhorce,
le Guadiaro. Bien que leur nature soit éminemment
torrentueuse, et qu'une partie de leur lit soit souvent à sec, peut-être n'en ménagent-ils pas moins,
aux malacologistes, des surprises nouvelles.

Bassins du Guadiana, du Tage, du Duero. — En
général, ces trois grandes artères parallèles traver-
sent, dans leurs parties hautes, un pays sec, où les
fleuves et les rivières ne roulent qu'un mince filet.
Leur cours inférieur, au contraire, depuis la fron-
tière de Portugal, traîne à la mer un volume d'eau
considérable.

(1) Rossmæssler, *Iconographie*, 1854. — Kobelt, *Die Bivalven
Nieder-Andalusiens*, 1888; *Iconographie*, Neue Folge, vol. 3,
1888 ; *Unios y Anodontas nuevos de la fauna española*, 1887. —
Westerlund, *Spicilegium malacologicum*, 1892 ; *Faunula mollus-
corum hispalensis*, 1892.

Le Guadiana, grossi par deux grands affluents, le
Záncara et le Jabalon, a 890 kilomètres de longueur,
avec un bassin de 60000 kilomètres carrés. Une des
particularités du haut Guadiana consiste dans un cha-
pelet de lacs, connus sous le nom de *Lagunas de
Ruidera*. Ils forment une série successive de dépôts
d'eau douce qui, par des cascades naturelles et souvent par des chutes pittoresques, se déversent les
uns dans les autres. Leurs eaux disparaissent par
évaporation et par infiltration qui serait due à la fai-
blesse des pentes. M. Boscá a profité d'un long séjour
à Ciudad-Real pour recueillir des mollusques dans
le Guadiana, dans le Jabalon, et dans les lacs de Ruidera. Ceux du Guadiana ont un cachet particulier et
l'on peut citer, comme bonnes spécialités du bassin,
l'*Unio dactylus* et l'*Unio callipygus*. Il a pêché aussi
dans les lacs de Ruidera un bel *Unio*, à épiderme
roussâtre, que nous considérons (provisoirement)
comme une curieuse variété de l'*Unio littoralis*. Les
Anodonta ranarum et *Lusitana*, rencontrés autre-
fois par Morelet dans le cours inférieur, pourront
être retrouvés sur le territoire espagnol.

Il existe, dans ce bassin qui paraît très intéressant pour le naturaliste, deux petites albuferas: l'une
à Mérida (province de Badajoz), l'autre à Daimiel
(province de Ciudad-Real).

Le Tage, avec un cours de 895 kilomètres, divise
l'Espagne en deux parties à peu près égales. La superficie du bassin est de 75000 kilomètres carrés.
Lorsque Morelet explora le Portugal, en 1844, il fit
des recherches réitérées dans le cours inférieur du
fleuve, qui renferme beaucoup d'Unios; mais la ma-

jeure partie du cours supérieur et des affluents n'a guère été visitée. Fait singulier, de tous les bassins de l'Espagne, celui du Tage est peut-être celui qui a été le moins observé. Pourquoi? Est-ce par pénurie de mollusques? Est-ce parce que ce grand réseau est partagé entre deux nationalités?... Il ne nous appartient pas de trancher la question.

Le Duero, dont le cours est de 815 kilomètres, a creusé son lit dans l'ancien fond lacustre du plateau central. Son affluent le plus important, le Tormes, sort de la sierra de Gredos, dont il reçoit les neiges. Au-dessous de Zamora, le Duero roule au fond de gorges profondes. On peut citer, comme types abondants de ce bassin, dont l'aire est de 100000 kilomètres carrés, les *Unio limosellus* et *decurtatus*, les *Anodonta regularis, glaucina*. M. Macho l'a exploré sur plusieurs points.

Bassin du Miño. — Le Miño, issu des pentes occidentales des dernières Pyrénées cantabres, parcourt 305 kilomètres avant d'arriver à l'Océan ; son bassin, qui roule une masse d'eau volumineuse, occupe une aire de 25000 kilomètres carrés. Lorsqu'il s'est grossi du Sil, sa maîtresse branche, le Miño, à partir d'Orense, circule librement dans une plaine fertile, atteint Tuy, où son cours tranquille abonde en mollusques, et enfin l'Océan par une embouchure présentant un certain développement. Le petit lac de Carrucedo, non encore exploré, se trouve dans la pittoresque vallée du haut Sil.

Le bassin du Miño, au moins dans sa partie inférieure, a été bien observé par M. Macho Velado ; on

peut dire que cette région de l'Espagne est probablement celle que l'on connaît le mieux, sous le point
de vue qui nous occupe. Si chaque bassin espagnol
avait été aussi bien étudié, il serait plus facile de tra-
cer un tableau des productions fluviales de la péninsule. Aussi doit-on être reconnaissant à M. Macho
de la peine qu'il s'est donnée, des soins persévérants
apportés dans ses observations consciencieuses.

Soit directement de M. Macho, soit par l'intermé-
diaire obligeant de M. Hidalgo, nous avons obtenu
le plus grand nombre des Unionidés récoltés par
M. Macho dans le Miño, ainsi que dans les rios Ulla,
Mandéo, Sionlla, Mero, Marcès, Eume, Tambre, Landro, Céa, et autres rivières torrentueuses de la Galice.

D'après les observations de M. Macho, tous les
cours d'eau de la côte cantabrique, depuis l'Eo jusqu'au Tambre, ne renferment, en fait de Nayades,
que le *Margaritana margaritifera*, qui disparaît et
ne se rencontre plus dans le Miño. Selon le même
savant, l'animal des *Unio* et des *Anodonta* est em-
ployé, comme appât, pour la pêche des saumons,
des truites et des anguilles (1).

§ 4.

Une des particularités présentées par la famille
que nous étudions, en Espagne, c'est la richesse et
la diversité des formes gravitant autour de l'*Unio
littoralis*. Ce groupe ne comprend pas moins de
huit types distincts, savoir : *U. littoralis, U. Bigerrensis, U. umbonatus, U. Hispalensis, U. Gandien-*

_____

(1) I. Macho Velado, *Catálogo de los moluscos terrestres observados en Galicia*, 1874 ; *Moluscos de agua dulce de Galicia*, 1878.

sis, U. rhysopygus, U. subreniformis, U. circinatus, et plusieurs variétés. Ce sont principalement les fleuves et les rivières du versant méditerranéen èt le bassin du Guadalquivir qui nous ont paru offrir ces variations remarquables. S'il est vrai, comme l'affirment plusieurs auteurs, qu'il existe des centres de création (auxquels nous donnons plus simplement le nom de régions malacologiques), le groupe de l'*Unio littoralis* peut être regardé comme caractéristique du centre hispanique. C'est dans la péninsule ibérique (peut-être son berceau) qu'il est en pleine activité, en plein développement : on ne saurait donc être surpris de l'abondance des formes empruntées par la nature à ce type primordial, dans une région dont le relief est aussi tourmenté et l'hydrographie aussi compliquée.

Enfin nous appelons l'attention sur une autre particularité, propre au genre *Anodonta*. En thèse générale, dans ce genre, la charnière très simplifiée est formée par une simple laminule (ou lame adnée, comme l'appelle très justement Lamarck). Or ici, chez un certain nombre d'espèces, on voit apparaître un commencement de lamellule, très rudimentaire à la vérité, et le plus souvent réduite à un mince filet placé en saillie sur la laminule. C'est surtout vers l'extrémité postérieure de la charnière que l'on découvre cette trace, ce rudiment semblable à un filet saillant, et c'est en particulier sur les Anodontes de l'Albufera de Valence et du Guadaira, que nous l'avons remarqué.

Dans une contrée aussi arrosée que la Galice, où l'un des types caractéristiques de la faune paléarc-

tique (*Margaritana margaritifera*) est abondamment
répandu, on pouvait s'attendre à rencontrer, soit
l'*Anodonta cygnea* (*cellensis*), soit quelqu'autre espèce de ce groupe si largement prodigué aux bassins fluviaux du versant de l'Océan. Il n'en est rien
cependant. Pas un de nos correspondants n'a recueilli, sur aucun point de l'Espagne, une Anodonte
du groupe que nous venons d'indiquer. La même
absence n'existe pas en Portugal, où Morelet a pêché,
dans les marécages d'Alkédon, une forme extrêmement voisine de l'*Anod. cygnea*; et M. José da Silva
et Castro a découvert, semble-t-il, plusieurs formes
analogues dans le bassin du Mondégo.

En résumé, l'essai que nous offrons au public ser-
vira à donner une idée sommaire de la richesse, en
Espagne, de cette branche de la zoologie. S'il n'est pas
complet (et nous pensons nous-même qu'il ne l'est
pas), nous n'avons pas cherché, du moins, à l'étendre
aux dépens de la logique et nous croyons nous être
maintenu dans un juste milieu. Sans restreindre le
nombre des types en deçà de la vérité, nous n'avons
pas perdu de vue le conseil de M. Graells dont nous
parlions au début de cette introduction et nous nous
sommes efforcé de ne pas délayer outre mesure les
nuances d'une même espèce, ainsi que nous l'avons
vu pratiquer quelquefois; nos efforts ont tendu à co-
pier la nature le plus fidèlement possible. Trop heu-
reux si, par cette esquisse d'une fraction minime
d'une faune aussi originale et aussi variée, nous pouvons stimuler le zèle des malacologistes et provoquer
de nouvelles investigations qui, infailliblement, amè-
neront de nouvelles découvertes.

Parmi les savants qui nous ont obligeamment procuré les matériaux de cette étude, nous devons une mention spéciale aux personnes dont les noms suivent.

M. le Dᴿ D. Joaquin Gonzalez Hidalgo, membre de l'Académie royale des sciences de Madrid, nous a communiqué les Nayades de sa collection, réunies par ses amis et par lui depuis plusieurs années.

M. le Dʳ D. Eduardo Boscá, professeur à l'Université de Valence, nous a envoyé des séries nombreuses pêchées dans l'Albufera de Valence, ainsi que dans les bassins du Guadalaviar, du Júcar, du Segura et du Guadiana.

M. le professeur D. Gerónimo Macho Velado, qui occupe une chaire à l'Université centrale de Madrid, nous a adressé les bivalves recueillies par lui dans les bassins du Miño et du Duero pendant qu'il professait à Santiago de Galice.

M. le Dʳ D. Salvador Calderón, professeur d'histoire naturelle à l'Université de Séville, nous a expédié à diverses reprises des séries abondantes pêchées dans le Guadalquivir et dans le Guadaira.

M. le Dʳ D. Joaquin Mariano Salvañá, M. le Dʳ D. Manuel de Chia, et D. Baltasar Serradell, habitant tous trois Barcelone, nous ont envoyé, à plusieurs reprises et avec largesse, les espèces qui peuplent les eaux douces de la Catalogne et du bassin de l'Ebre.

Enfin MM. le Dʳ Kobelt, le Dʳ Brot, le Dʳ Westerlund, le Dʳ Paul Fischer, Crosse, Debeaux, Dautzenberg, et le regretté A. Morelet, nous sont également venus en aide, à un titre ou à un autre, avec leur compétence reconnue.

Nous adressons à tous nos remerciements cordiaux.

SOURCES

A. de Humboldt, *Notice sur la configuration du sol de l'Espagne et son climat*, 1827. — Bory de Saint-Vincent, *Aperçu sur la Géographie physique de l'Espagne*, 1827; *Résumé géographique de la Péninsule Ibérique*, 1826. — De Laborde, *Itinéraire descriptif de l'Espagne*, 1830. — J. Lavallée, *Espagne*, 1850 (Univers pittoresque). — Rossmœssler, *Reiseerinnerungen aus Spanien*, 1854. — A. Germond de Lavigne, *Itinéraire descriptif de l'Espagne*, 1866. — E. Reclus, *L'Espagne*, 1876. — Vivien de Saint-Martin, *Dictionnaire de géographie universelle*, 1892. — Vuillemin, *Bassins des grands fleuves de l'Europe*, 1882. — *Reseña geografica y estadistica de España*, 1888. — F. de Botella, *España, Geografia morfológica y étiológica*, 1886. — Mingote y Tarazona, *Geografia de España y sus colonias*, 1888. — Institut Géographique d'Espagne, *Documents officiels*, 1892.

J. Vidal, *Catálogo de las aves de la Albufera de Valencia*, 1850. — Lopez Seoane, *Reseña de la Historia natural de Galicia*, 1866. — Steindachner, *Sur les poissons d'eau douce d'Espagne et Portugal*, 1868. — Rosenhauer, *Die Thiere Andalusiens*, 1856. — Cisternas, *Ensayo descriptivo de los peces de agua dulce que habitan en la provincia de Valencia*, 1877. — Fagot, *Histoire malacologique des Pyrénées françaises et espagnoles*, 1892; *Catalogo de los moluscos del valle del Essera*, 1888; *Catalogo de los moluscos de los valles de los rios Ezca, de la Sierra de Leire y Salazar*, 1889; *Contrib. à la fauna malacologica de Aragon, Cataluna y Navarra*, 1891. — Barras d'Aragon, *Peces de agua dulce de la region bético-extremeña*, 1893.

FAMILLE DES UNIONIDÆ

GENRE MARGARITANA

1. **Margaritana margaritifera** Linné (Mya),
Syst. nat. ed. X, I, p. 671 (1758) ; C. Pfeiff. I, p. 116,
t. 5, fig. 11 ; II, p. 33, t. 7, fig. 4 ; Mich. Compl. p.
113, t. 16, fig. 29 ; Rossm. Icon. I, p. 120, t. 4, fig.
72-74 ; Küst. Gatt. Unio, p. 130, t. 38, 39 ; Dupuy,
Hist. moll. p. 623, t. 22, fig. 14-16 ; Moq. Tand.
Hist. moll. II, p. 566, t. 47, fig. 7-9 ; Drouet, Nayad.
II, p. 57, t. 1 ; Borcherd. Moll. nordw. 2, t. 3, fig.
1-5. — *U. tristis* Mor. Moll. Port. p. 107, t. 13, f. 2
(junior).

Hab. les rivières de la Galice : le Marcés, le Landro, le Tambre, le Mandeo, l'Eume, le Sionlla, le
Mero (*Macho*), le Tajo (*Salvañá*).

Cette espèce, anciennement connue, a été citée
ou figurée par Conrad Gesner (1558), Olaus Magnus
(1618), Aldrovande (1642), Martin Lister (1678), Bo-
nanni (1684), Klein (1753), etc. Aussi nous ne
croyons pas qu'il soit utile d'en donner une nouvelle
description, que l'on trouvera, avec de bonnes figures, dans les auteurs cités.

En Espagne, elle paraît confinée dans les cours
d'eau issus des montagnes de la Galice, c'est-à-dire
à la région nord-ouest de la péninsule et au versant atlantique. Nos plus beaux spécimens provien-

nent du Mero et du Marcés. Macho dit que les plus
grands exemplaires vivent dans le Marcés, et surtout dans le Landro, où ils atteignent la taille de
l'*U. sinuatus*, mesurant 130 mill. de longueur sur
60 de hauteur et 32 de diamètre.

Nous signalons encore une jolie variété petite,
très allongée, comprimée, qui habite le Tambre, et le
Sionlla en Galice (*Macho*). Dimensions : long. 85 ;
haut. 35 ; diam. 20 mill. Cette variété est très remarquable ; elle est plus allongée que l'*Unio brunneus*
(Bonhomme) ; encore plus allongée, ou moins haute,
que la var. *minor* signalée par Rossmæssler (*Icon.*
fig. 129).

Les autres exemplaires sont normaux, et ne présentent aucune particularité à noter.

L'*Unio tristis*, de Morelet, est le jeune âge de *M.
margaritifera*.

Le *Margaritana margaritifera* est une des principales caractéristiques de la région paléarctique
occidentale. On l'a pêché dans le Kola, à Pasvig
(péninsule de Kola : Laponie russe), entre 69° et 70°
de latitude nord (*Westerlund*), ainsi que dans la
Dvina, à Arkangel (*Baer*). On sait qu'il habite les
affluents du Dnieper et les ruisseaux du système du
Don jusque vers 47° de latitude (*Middendorf*). Nous
le retrouvons dans tous les cours d'eau du nord de
la Galice (*Macho*), sans doute aussi dans le Paiva
et le Tamega (*Morelet*), et même dans le Vouga
(*Silva et Castro*)... On voit l'extension peu commune de l'aire de cette espèce.

GENRE UNIO

2. **Unio sinuatus** Lamarck Anim. s. vert. VI, I. p. 70 (1819); Drap. Hist. moll. t. 10, fig. 17-19 (*U. margaritifer*); Küst. Gatt. Unio, p. 129, t. 37, fig. 1; Rossm. Icon. fig. 853; Encyclop. t. 248, fig. 1. a, b; Dup. Hist. moll. p. 630, t. 23, fig. 7; Moq. Tand. Hist. moll. II, p. 567, t. 48, fig. 1-3; Drouet, Nayad. 2, p. 61, t. 2.

Hab. l'Ebre, à Escatron (*Salvañá*).

Les exemplaires pêchés dans l'Ebre sont beaux; ils mesurent 145 mill. de longueur, sur 68 de hauteur, 40 de diamètre, et sont exactement reproduits par la figure 853 de l'*Iconographie* de Rossmæssler, et par celle de l'ouvrage de Dupuy, planche 23, figure 7. C'est-à-dire que leur forme générale est plus allongée que celle des spécimens du bassin du Rhône, de la Somme, ou du Rhin, et se rapproche davantage de ceux des bassins de l'Adour et de la Garonne. Au surplus, je ne vois aucune particularité à signaler, ni dans la charnière, ni dans les impressions musculaires, ou dans l'épaisseur de la nacre.

Il est probable que cette belle espèce est rare dans l'Ebre; M. Salvañá est le seul naturaliste espagnol qui nous l'ait envoyée.

Selon M. Westerlund, Spengler, dès 1793, aurait décrit cet Unio sous le nom de *U. auricularius*.

3. **Unio littoralis** Cuvier, Tabl. élém. p. 425 (1798); Drap. Hist. moll. t. 10, fig. 20; Rossm. Icon. fig. 340, 743, 752, 850; Küst. Gatt. Unio, t. 35, fig.

1-4 ; Dup. Hist .moll. t. 23, fig. 8 ; Drouet, Nayad.
2, t. 3, fig 1. — *Unio rhomboideus* Moq. Tand. Hist.
moll. t. 48, fig. 4-8 ; Bourg. Moll. Algérie, altas, 1,
t. 18.

Hab. Versant méditerranéen : le Muga, à Castellon de Ampúrias (*Macho*) ; le Fluviá, à Tortellá, à
Torroella de Montgri (*Salvañá*) ; le Ter, à Gerona
(*Courquin*), la riera de Llémana (*de Chia*) ; le Ciurana, Bajo Ampurdan (*de Chia*) ; l'acequia (canal ou
rigole) del molino de Farino, Benimaclet (*Debeaux*) ;
l'acequia de la Palafranga, Benimaclet (*Salvañá*) ;
le Cinca, à Barbastro (*Serradell*) ; l'acequia de
Moncada, Valencia (*Boscá*) ; le Guadalaviar, à Valence (*Boscá*).

Versant atlantique : le Miño, Galice (*Macho*) ; le
Nervion, à Bilbao (*Hidalgo*) ; le Céa, à Valderas (*Macho*) ; l'Orbigo, à Orbigo (*Macho*) ; le Henares, à Alcalá de Henares (*Macho*) ; l'Ayllon, à Linares (*Hidalgo*) ; le Jarama, à San Fernando (*Hidalgo*) ; le
Guadiana, à Ciudad-Real (*Boscá*) ; le Duero, le Tage
(*Morelet*).

Très abondant dans le Duero, dans le Tage, et
même dans les petits cours d'eau de l'Algarve,
l'*Unio littoralis* habite la plupart des eaux de la péninsule, aussi bien du versant méditerranéen que
du versant océanien. Par suite de cette abondance
et de cette grande dissémination, les variations
sont nombreuses et quelques-unes méritent une
mention spéciale.

Dans le Miño, les spécimens sont légèrement comprimés, noirâtres. Les jeunes, dont l'épiderme est

verdâtre, portent de gros plis variqueux, placés surtout sur la crête, sur le rostre, et même sur la région centrale. Sur un bon nombre d'adultes, ces plis persistent au moins sur la partie postéro-dorsale.

L'une des plus intéressantes variétés provient des lacs de Ruidera (haut Guadiana). Elle est épaisse, pesante, avec l'appareil cardinal très robuste, les sommets proéminents, l'épiderme roussâtre. Pour la forme et les caractères, autres que celui tiré de la coloration, elle semble identique à certains exemplaires pêchés dans l'étang de Meyranne (près d'Arles), au milieu de l'*Unio Aslierianus*.

Dans le Guadiana, à Ciudad-Real, les sujets, peu développés, ont l'épiderme d'un gris jaunâtre.

Dans le Guadalaviar, et aux environs de Valence, les échantillons ont les sommets et la région ombonale très renflés, très bombés : on voit déjà la tendance à se rapprocher de l'*Unio umbonatus*.

Les plus grands exemplaires proviennent de l'Orbigo, dans la province de Léon.

Chez tous, en général, les sommets sont grossement plissés-ondulés et rugueux.

En résumé, l'*Unio littoralis*, disséminé en France, dans la péninsule ibérique et en Algérie, paraît ici dans son centre d'origine et dans son aire d'expansion. Dans le bassin méditerranéen, il ne franchit pas les Alpes ; mais des espèces du même groupe réapparaissent en Grèce, en Syrie et en Palestine.

4. **Unio Bigerrensis** Millet, Descript. moll. nouv. in : Mag. zool. moll. p. 3, t. 64, fig. 1 (1843); Millet, Mém. Soc. agr. Angers, p. 124, t. 1, fig. 3;

Küster, Gatt. Unio, p. 230, t. 77, fig. 7 ; Dupuy, Hist. moll. p. 634, t. 24, fig. 9.

Hab., le rio Ulla, en Galice, à Ancorados, Barca de Zarandon, Rosende (*Macho*).

M. Macho, explorateur zélé de la Galice, lorsqu'il recueillit ce type dans l'Ulla, hésita beaucoup pour savoir s'il se tróuvait en présence d'une espèce particulière. Sa taille relativement petite, sa forme comprimée et elliptique, la dépression des dents cardinales et la coloration spéciale de la nacre, le frappaient et le tenaient en suspens. Il se décida cependant à le ranger au nombre des variétés de l'*U. littoralis.*

Pour nous, nous lui attribuons le rang d'espèce.

Les coquilles adultes se distinguent, en outre, par un caractère très évident : la forme tronquée obliquement de l'extrémité postérieure du rostre. Mais ce caractère n'existe que sur les adultes. Les coquilles jeunes ont cette extrémité arrondie, et le périmètre du test décrit alors une ellipse assez régulière.

La compression des dents est aussi très remarquable : elles semblent comme atrophiées.

Enfin la coloration de la nacre, d'un verdâtre livide sur tout le pourtour, est très particulière.

Au reste, qu'on l'appelle espèce ou variété, cette forme ne peut manquer d'attirer l'attention du naturaliste et mérite une mention spéciale. Nous l'avons comparée aux types provenant de l'Echez, à Vic-de-Bigorre, que nous tenons de Dupuy, et elle nous a paru s'y rattacher pleinement. Les spécimens galiciens sont seulement moins érodés que les échan-

tillons français, et un peu plus développés que ces
derniers.

5. Unio circinatus sp. n.

C. subcircularis, inflata, tenuis, tenuiter striato-squamosa,
castanea ; margo cardinalis abbreviatus, arcuatus ; m. ventralis convexus; m. anticus late semicircularis ; pars postica brevissima, in rostrum fere nullum, rotundum vel truncatum desinens ; nates tumidæ, prominentes, uncinatæ, grosse plicato-
undatæ ; ligamentum breve, gibberulum ; dens valvæ dextræ
crassulus ; lamellæ breves, inclinatæ ; sinus longus ; impress.
anticæ conspicuæ ; marg. lacteo-cærulescens. — Long. 40-50 ;
alt. 33-37 ; diam. 20-21 mill.

Hab. le Júcar, à Aljemesi (province de Valence)
(*Boscá*) ; le Turia (ou Guadalaviar), à Valence (*Boscá*).
Abondant.

C. subcirculaire, enflée à la partie supérieure,
mince, finement striée-squameuse, couleur marron ;
bord supérieur court, arqué ; bord inférieur convexe ; bord antérieur largement semicirculaire ; partie postérieure très courte, terminée par un rostre
extrêmement court (presque nul), tronqué ou arrondi ; sommets très tuméfiés, proéminents, grossement plissés-ondulés, à crochets recourbés ; ligament court, un peu gibbeux ; dent de la valve droite
un peu épaisse, convexe à sa face antérieure ; lamelles courtes, inclinées ; impressions antérieures seu-
les distinctes ; sinus ligamentaire long ; nacre d'un
bleu pâle.

Bien que la parenté de cette espèce avec l'*U. littoralis* soit évidente, il n'en est pas moins néces-

saire de la séparer, parce qu'elle se présente avec
des caractères constants de forme presque circu-
laire, de test aminci, de turgescence des sommets,
etc., qui la rendent aisément reconnaissable.

Les jeunes ont eux-mêmes la tendance à la forme
subcirculaire, si prononcée chez les adultes, avec
les sommets presque médians ; l'épiderme est brun
clair, avec quelques rayons verts.

Les échantillons provenant du Turia sont plus
comprimés que ceux du Júcar.

6. **Unio umbonatus** Rossmæssler, Icon. III, fig.
849 (1854) ; Bourg. Moll. nouv. litig. 1865, p. 136,
t. 21 et 22. — (*U. Sevillensis* Grat. olim in sched.).

C. ovato-sinuata, convexa, crassa, ponderosa, sulcato-striata,
rugosa, brunnea vel ochraceo-fusca, ad nates grisea ; margo
dorsualis arcuatus ; margo ventralis retusus, sinuatus ; margo
anticus late semi-circularis ; pars postica in rostrum breve, ro-
tundatum, declive desinens ; nates prominentes, tumidæ, elatæ,
intortæ, grosse plicato-undulatæ ; areola conspicua ; ligamentum validum, crassum ; dens valvæ dextræ crassus, elatus,
conico-trigonus, serratus ; dentes v. sinistræ crassi, striati, fos-
sula profunda separati ; lamellæ validæ, inclinatæ ; impress.
anticæ profundæ ; callus marginalis crassus ; marg. lacteo-cœ-
rulescens. — Long. 80-90 ; alt. 50-55 ; diam. 30-33 mill.

Hab. le Segura, à Orihuela (*Boscá ; Cortadellas*) ;
Caz de Mejorada del Campo (*Busto*) ; le Guadaira
(*Calderón*) ; le Guadalquivir (*Grateloup ; Muséum
de Lyon*) ; le Genil, à Loja (*Sainz*).

C. ovale-sinuée, convexe, très épaisse, pesante,
grossement sillonnée-striée, rugueuse, brune ou
d'un brun jaunâtre, toujours plus claire vers les

sommets qui sont d'un, gris-jaunâtre ; bord supérieur arqué ; bord inférieur rétus vers sa terminaison, sinué ; bord antérieur largement semicirculaire ; partie postérieure assez courte, se terminant par un rostre incliné, arrondi, court ; sommets proéminents, renflés, recourbés, grossement plissés-ondulés ; lunule bien apparente, élargie ; ligament fort, épais, saillant ; dent de la valve droite grande, épaisse, conique-trigone, crénelée ; celles de la valve gauche grosses, striées, séparées par une fosse large ; lamelles fortes, inclinées ; impress. antérieures profondes, palléale bien marquée ; callus marginal épais ; nacre d'un blanc légèrement teinté de bleuâtre à la région postérieure.

Les jeunes ont l'épiderme moins rugueux, plus finement strié, paré de tons jaunâtres vers le centre, de vert sur le rostre, et quelquefois de rayons verts ou bruns espacés.

Une variété plus petite (60 mill. de long.) habite le Segura aussi à Orihuela. Ces exemplaires portent, à la partie supérieure de la région ombonale, des traces de gros plis, à demi effacés. Leur forme est plus arrondie. Les autres caractères ne diffèrent pas. Ces sujets semblent avoir été gênés dans leur développement. Peut-être certains individus provenant de Benimaclet (province de Valence) devront-ils s'y rapporter. Les figures citées, de Rossmæssler et de Bourguignat, sont excellentes.

7. **Unio Hispalensis** Kobelt, Iconogr. N. F. vol. III, f. 492 (1888) ; Bivalv. Nieder-Andalus. in Nachr. Deutsch. malak. Gesellsch. 1888, p. 17.

C. ovato-rhombea, inflata, crassa, ponderosa, ruditer striato-sulcata, castaneo-nigrescens, ad nates pallidior ; margo dorsualis subhorizontalis, m. ventralis retusus ; pars postica breviter rotundato-truncata ; nates valde tumidæ et prominentes, recurvæ, rugose undato-plicatæ, versus aream divaricatim costulatæ; ligamentum crassum ; dens valvæ dextræ crassus, conicus, crenulatus ; dens posterior sinistrorum major ; lamellæ validæ ; impr. anticæ profundæ ; callus marginalis distinctissimus ; margarita carnea, postice cærulescens. — Long. 70-80 : alt. 45-50; diam. 30-33 mill.

Var. **Calderoni**; *U. Calderoni* Kob. Icon. N. F. vol. III, p. 54, f. 494 (1888); Nach. Deutsch. mal. Ges. 1888, p. 20.

Var. **Salvadori** West. Anales de la Soc. Esp. de Hist. nat. t. XXI, p. 390 (1892).

Hab. le Guadalquivir, près de Séville (*Calderón*). — Les var. *Calderoni* (4 exempl.) et *Salvadori* (2 exempl.) dans le Guadaira (*Calderón*).

C. ovale-subrhomboïde, ventrue, épaisse, pesante, grossement striée-sillonnée, rugueuse, d'un marron noirâtre, plus pâle vers les sommets ; bord supérieur subhorizontal ; bord inférieur rétus vers sa terminaison ; bord antérieur bien arrondi ; partie postérieure terminée par un rostre assez court, subarrondi ou faiblement tronqué ; sommets très renflés, très proéminents, recourbés, très rapprochés, grossement plissés-ondulés, rugueux, ornés à leur partie postérieure (vers l'écusson) de petites costulations ou plis écartés ; ligament épais ; dent de la valve droite épaisse, conique, crénelée ; la dent postérieure de la valve gauche très saillante ; lamelles

solides; impress. antérieures larges et profondes;
callus marginal assez épais, s'avançant beaucoup
vers le rostre; nacre couleur de chair antérieurement, bleuâtre postérieurement.

M. le Dr Kobelt ayant bien voulu nous communi-
quer le type qu'il a figuré dans l'*Iconographie* (f. 492),
c'est sur cet exemplaire lui-même que nous avons
pris notre description, laquelle reproduit à peu près
celle de cet auteur.

M. le Dr Calderon nous en a adressé de nombreux
spécimens.

Malgré tout le respect que nous avons pour les
déterminations de M. Kobelt, et l'autorité qui s'at-
tache aux espèces établies par lui, jusqu'à plus am-
ple informé nous ne pouvons voir, dans son *Unio
Calderoni*, autre chose que le jeune âge de l'*Unio
Hispalensis*. Il nous a adressé son type, et M. Calderon trois autres individus recueillis dans le Guadaira, affluent du Guadalquivir, au-dessous de Séville.
L'examen de ces divers spécimens nous a confirmé
dans cette opinion.

La même remarque s'applique à la variété que
M. Westerlund a distinguée sous le nom de *Salvadori*; jusqu'à nouvel ordre, nous estimons qu'elle a
été établie sur des échantillons jeunes, jaunâtres et
anormaux de l'*Unio Hispalensis*.

8. Unio ryhsopygus sp. n.

C. ovalis, superne inflata, solidula, inæqualiter sulcatula, nitida, fusco-virescens; margo dorsualis arcuatus, m. ventralis
rectiusculus; pars postica brevis, dilatata, late obtusa; nates
tumidæ, prominentes, pulchre lateque multiplicato-undatæ

3*

vel angulosæ ; area varicoso-plicata ; ligamentum breve ; dens
valvæ dextræ crassus, truncatus ; deutes v. sinistræ crassuli ;
lamellæ breviusculæ ; sinus longus ; impress. anticæ distinctæ ;
margarita lacteo-cærulescens. — Long. 45-55 ; alt. 30-35 ; diam
20-23 mill.

Hab. les canaux ou rigoles (acequias) à Almenara,
prov. de Castellon (*Boscá; Cortadellas*) ; le lac de
Almenara (*Boscá*).

C. ovale, enflée supérieurement, cunéiforme inférieurement, solide, un peu translucide, inégale-
ment sillonnée, luisante, revêtue d'un épiderme d'un
brun-verdâtre, grisâtre aux sommets ; bord supérieur arqué, l'inférieur presque droit ou faiblement
convexe ; bord antérieur arrondi ; partie postérieure
courte, dilatée en hauteur, se terminant par un rostre très court, non atténué, largement obtus plutôt
que tronqué ; sommets renflés, proéminents, agréablement ornés de plis nombreux (12 à 14) et ondulés, anguleux à leur terminaison et vers le centre ;
écusson bien limité par une arête, obliquement traversé par de gros plis variqueux, qui paraissent
souvent au delà de l'arête ; dent de la valve droite
assez épaisse, tronquée au sommet ; celles de la valve
gauche un peu épaisses, plus allongées, crénelées ;
lamelles peu allongées ; sinus ligamentaire long ;
impress. antérieures bien marquées ; nacre d'un
blanc bleuâtre, souvent granuleuse antérieurement.
Les jeunes portent des plis nombreux, ondulés et
anguleux en zig-zag, confondus avec les plis de
l'écusson, qui descendent jusqu'aux deux tiers des
valves. Leur épiderme est d'un verdâtre sombre et

un peu lamelleux ou squameux ; leur nacre bleuâtre.

Espèce qui ne peut être comparée qu'à l'*U. Gandiensis*, près duquel elle vient se placer, mais dont elle diffère par les plis nombreux, en zig-zag, qui ornent les sommets et la région postéro-dorsale en descendant souvent jusqu'au milieu des valves, par la forme du bord du rostre qui est largement obtus (tandis qu'il est tronqué et anguleux chez *U. Gandiensis*),et enfin par sa coloration. Ces deux espèces, de forme renflée supérieurement, comprimée et amincie inférieurement, conséquemment d'aspect cunéiforme, ont un faciès à part.

Les exemplaires provenant du petit lac d'Almenara sont plus développés et plus épais que ceux venant des canaux : il en est qui atteignent 65 mill. de longueur sur 45 de hauteur. La taille la plus ordinaire paraît être de 55 mill. sur 35.

9 . **Unio Gandiensis** Drouët, Journ. conch. vol. XXVIII, p. 103 (1888).

C. ovalis, superne inflata, infra compressa, solidula, sulcatula, castaneo-fusca; margo dorsalis arcuatus, ventralis rectiusculus ; pars antica stricta ; pars postica breviuscula, dilatata, truncato-angulosa ; nates tumidæ, prominulæ, plicatæ ? (sæpius erosæ) ; ligamentum breve, nigrum ; dens v. dextræ minor, crassulus, obsolete triangularis ; dentes v. sinistræ minores ; lamellæ arcuatæ; impress. superficiales ; margarita antice albido-carnea, postice cærulescens. — Long. 48-52 ; alt. 34-36 ; diam. 20 mill.

Hab. le Serpis, à Gandia ; le Júcar (*Salvañá*).

C. ovale, enflée supérieurement, comprimée

inférieurement, conséquemment cunéiforme, peu
épaisse, sillonnée, d'un brun noirâtre ou marron ;
bord supérieur arqué, l'inférieur rectiligne ; bord antérieur étroit, un peu atténué ; côté postérieur court,
dilaté en hauteur, se terminant par un rostre court,
tronqué obliquement à la partie inférieure, confusément bianguleux ; sommets renflés, prominules,
sans doute plissés, mais toujours largement excoriés ;
crête postéro-dorsale assez développée, quelquefois
plissée ; ligament court, noirâtre ; dent de la valve
droite assez petite, un peu épaisse, vaguement triangulaire ; celles de la valve gauche petites ; lamelles
un peu arquées ; impress. superficielles ; nacre peu
épaisse, d'un blanc rosâtre en avant, bleuâtre en
arrière.

Ainsi qu'il est aisé de le reconnaître, les caractères principaux de cette espèce résident dans sa
forme écourtée, dilatée en hauteur postérieurement,
tronquée obliquement, la faible dimension des dents,
et son épiderme d'un marron noirâtre, un peu luisant. Sa nacre, peu épaisse, mi-partie rosâtre et
bleuâtre, rappelle celle de l'*U. Pianensis*. Sa forme
renflée supérieurement, comprimée et amincie inférieurement, par conséquent cunéiforme, est aussi
à signaler.

Il est difficile de se rendre un compte exact de
l'ornementation des sommets, parce que tous les
exemplaires qui nous ont passé sous les yeux sont
très largement excoriés.

Espèce du groupe de l'*U. littoralis*, et qui doit
être placée à côté de l'*U. rhysopygus*.

10. Unio subreniformis Bourg. Moll. nouv. litig.
1865, p. 138, t. 24, fig. 4-6 ; Kobelt, Icon. IV, p. 64,
fig. 1151.

C. subreniformis, ventricosa, crassa, ponderosa, striato-rugosa,
brunneo-cinerea, ad umbones candidula ; margo dorsualis arcuatus, m. ventralis retusus ; pars anterior brevissima, posterior in rostrum subrotundatum, leviter subdecurvatum producta ; nates tumidæ, prominentes, plicato-undatæ, uncinatæ ;
dens v. dextræ crassus, trigonus, acutus ; lamella valida,
elongata ; impressiones anticæ profundulæ ; margarita candido-
cærulescens. — Long. 50-60 ; alt. 30-34 ; diam. 22-24 mill.

Hab. le lac de Bañolas, près de Gerona (*Courquin ; Martorell ; Hidalgo ; Salvañá ; de Chia*) ;
le rio de Torroella de Montgri (*Salvañá*).

Coquille ovale-subréniforme, ventrue, épaisse, pesante, à surface striée-rugueuse, revêtue d'un épiderme brun-cendré, grisâtre ou blanchâtre vers les
sommets ; bord supérieur arqué, bord inférieur subrétus vers le milieu ; côté antérieur très court ; partie postérieure se terminant par un rostre subarrondi, faiblement descendant ; sommets tuméfiés,
proéminents, très rapprochés du bord antérieur,
fortement plissés-ondulés, à crochets recourbés,
d'une coloration grisâtre ou blanchâtre (due le plus
souvent à l'érosion de l'épiderme) ; ligament robuste,
couleur de corne sombre ; dent de la valve droite
épaisse, trigonale, aiguë, denticulée, celles de la
valve gauche striées ; lamelles fortes, assez longues,
de même que le sinus ligamentaire ; impressions
antérieures assez profondes ; nacre peu brillante,
d'un blanc faiblement teinté de bleuâtre.

Cette espèce, nettement caractérisée, appartient

au groupe de l'*U. littoralis*. Les jeunes n'offrent rien
de particulier, si ce n'est que leur épiderme est
d'un brun-verdâtre clair, et leur ligament couleur
de corne jaunâtre.

11. Unio Courquinianus Bourg. Moll. nouv. litig. p. 149, t. 26, fig. 1-5 (1865).

C. ovata, tumido-ventricosa, crassiuscula, solida, obscure
luteolo-fusca, fusco-zonata, ad nates pallidior; margines dorsalis et ventralis subparalleli; margo anticus late rotundatus;
pars postica in rostrum breve attenuatum desinens; nates
tumidæ, prominentes, ad apices parce tuberculatæ; area impressa, fusiformis; ligamentum breve, validulum; dens valvæ
dextræ compressus, subtrigonus; dentes v. sinistræ elongati,
juncti; lamellæ validulæ; margarita candidula; callus marginalis crassulus. — Long. 75-90; alt. 45; diam. 32 mill.

Hab. l'Albufera de Valence (*Debeaux*).

C. ovale-oblongue, renflée-ventrue, assez épaisse,
solide, irrégulièrement striée, lamelleuse sur les
bords, d'un jaune-brunâtre obscur, traversée par de
larges zones brunes, plus claire sur les sommets;
bords supérieur et inférieur presque parallèles; côté
antérieur largement semicirculaire; partie postérieure terminée par un rostre assez court, atténué;
sommets renflés, proéminents, portant vers les crochets deux rangées de petits tubercules; corselet
bien apparent, fusiforme, concave antérieurement;
ligament assez court, assez fort; dent de la valve
droite comprimée, vaguement triangulaire, ou tronquée; celles de la valve gauche allongées, réunies;
lamelles épaisses, peu saillantes; impressions musc.
grandes; nacre blanchâtre; callus marginal épais.

Chez les jeunes, la coloration de l'épiderme est
élégante : d'un jaune clair, avec une large zone brunâtre, gris avec des reflets métalliques vers les sommets, lisse et luisant.

C'est là un type tout à fait spécial, qui ne peut
être comparé à aucune autre espèce de la faune
espagnole. Il semble rare.

12. **Unio mucidus** Morelet, Descr. moll. du Portugal, p. 111, t. 14, fig. 3 (1845).

C. oblongo-elongata, convexa, solidula, supra lævis nitida,
infra tenuiter striata, virescens vel castanea ; margo dorsualis
vix arcuatus, m. ventralis rectiusculus ; pars postica elongata,
in rostrum vix attenuatum obtusum producta ; nates vix prominulæ (erosæ) ; area stricta, elongata ; dens v. dextræ minor,
compressus, obsolete trigonus ; dentes v. sinistræ strictæ ; sinus
elongatus. — Long. 65-77 ; alt. 30-35 ; diam 20 mill.

Hab. le Miño, à Tuy (*Macho*) ; le rio Ulla, à Barca
de Zarandon (*Macho*) ; le Támega, à Verin (*Macho*) ;
le Duero, à Zamora (*Macho*).

C. oblongue-allongée, convexe, assez solide, lisse
et luisante à la partie supérieure, finement striée à
la partie inférieure, verdâtre ou d'un brunâtre clair ;
bord supérieur à peine arqué ; bord inférieur presque rectiligne ; partie postérieure allongée, se terminant en un rostre long, faiblement atténué, subarrondi ; sommets à peine prominules, le plus souvent
profondément et largement érodés ; corselet très
allongé, étroit, faiblement circonscrit ; dent de la valve
droite en général petite, obscurément triangulaire,
comprimée, quelquefois un peu épaissie ; dents de la

valve gauche peu développées ; lamelles très allongées ; sinus long, nacre d'un blanc faiblement teinté
de bleuâtre, le plus souvent parsemée de larges
taches livides. Les jeunes, très finement striés, sont
agréablement teintés de vert et de jaunàtre, avec
quelques zonules brunâtres.

Une variété un peu arquée, mince, comprimée, à
épiderme lamelleux, habite le Miño, à Tuy.

Cette espèce, qui est fort abondante en Espagne
et en Portugal, paraît propre aux cours d'eau qui se
déversent dans l'Océan Atlantique. Indépendamment des stations indiquées ci-dessus, nous possédons des types provenant du Támega et du Cavado,
recueillis par Morelet, et de beaux spécimens pêchés par M. da Silva et Castro, dans la Lima et
dans le Paiva, affluent du Douro, à Castello-de-
Paiva (Portugal).

Nous ne partageons pas l'avis de ceux qui ne
voient là qu'une variété de l'*U. pictorum* (des auteurs). Nous considérons l'*U. mucidus* comme un
bon type dont les caractères principaux, signalés
par Morelet, consistent dans ses lamelles minces,
longues ; dans la longueur du sinus ligamentaire ;
en ce que l'écusson, très allongé et étroit, est limité
par un sillon obsolète ; en ce que les stries d'accroissement sont très fines, serrées, lamelleuses et enfin
en ce que le rostre est à peine atténué, en sorte que
les deux extrémités ont la même hauteur. Les dents
cardinales sont aussi très petites. Il y a là une réu-
nion de caractères qui donnent à ce type de la péninsule un faciès particulier.

13. Unio cameratus sp. n.

C. oblonga, convexo-camerata, crassula, striata, lutea fusco zonatula; margo dorsualis arcuatus, cameratus; m. ventralis rectiusculus; pars postica elongata, in rostrum declive truncatulum desinens; nates depressæ (erosæ); area vix distincta; dens valvæ dextræ subcompressus, denticulatus; dentes v. sinistræ minores; lamellæ humiles; impressiones bene conspicuæ; margarita livida. — Long. 75; alt. 38; diam. 23 mill.

Hab. le Tamega, Galice (*Macho*); l'Ulla, à Rosende, Galice (*Macho*); le Duero, à Soria (*Juniez*).

C. oblongue, convexe-voûtée, assez épaisse, solide, finement striée inférieurement, jaunâtre, avec de petites zones brunâtres régulièrement espacées; bord supérieur arqué; bord inférieur droit; partie antérieure assez courte; partie postérieure allongée, terminée par un rostre un peu incliné, largement tronqué; sommets déprimés, excoriés; écusson peu distinct, par suite de la voussure de la région dorsale; cependant en l'examinant avec attention, on voit qu'il est limité (comme chez l'*U. mucidus*) par un sillon obsolète; ligament long; dent de la valve droite assez petite, subcomprimée, denticulée, striée en dessus; dents de la valve gauche petites, réunies; lamelles peu saillantes, arquées; sinus petit; impressions musculaires bien visibles; nacre livide.

Dans le jeune âge, tous ces caractères sont déjà sensibles. L'épiderme est d'un jaune-verdâtre, avec des zonules plus sombres, espacées régulièrement.

Cette espèce peut être comparée à l'*U. mucidus*, dont on la distinguera aisément à sa forme arquée-

voûtée, à ses sommets déprimés, et à sa plus grande
épaisseur. Par suite de la voussure, la plus grande
hauteur du test se trouve précisément à la partie
médiane. C'est un des bons types des rivières de la
Galice.

14. Unio limosellus sp. n.

C. oblongo-elliptica, valde inæquilateralis, convexa, tenuis,
ad peripheriam sulcatula, virescens, fusco-zonatula ; marg.
dorsualis et ventralis fere paralleli ; pars postica in rostrum
elongatum vix truncatulum producta ; nates prominulæ, parce
tuberculatæ; dentes utriusque valvæ minores, compressi, denticulati ; lamellæ elongatæ; sinus elongatus ; callus marginalis
convexus, prolongatus ; marg. antice lactea, postice cærulescens. — Long. 60-68; alt. 28-30; diam. 20 mill.

Hab. le Céa, à Valderas, prov. de Léon (*Macho*);
le Tormes, à Salamanca (*Salvañá, Hidalgo*); le Duero,
à Soria (*Juniez*), à Zamora (*Salvañá*); le Manzana-
res, à Madrid (*Morelet*); le Henares, à Alcalá de Henares (*Macho*); le Jarama, à San Fernando (*Hidalgo*).

C. oblongue-elliptique, très inéquilatérale, convexe, mince, irrégulièrement sillonnée sur les bords,
d'un vert jaunâtre avec des zonules plus sombres ;
bords supérieur et inférieur à peu près droits et
parallèles ; côté antérieur très court ; partie postérieure allongée, terminée par un rostre long, à peine
atténué-tronqué ; sommets prominules, arrondis,
presque lisses, sauf un ou deux plis ou tubercules aux
crochets, le plus souvent excoriés ; écusson allongé,
étroit, faiblement indiqué ; dents cardinales petites,
comprimées, denticulées, celles de la valve gauche

assez aiguës ; lamelles longues, minces ; sinus du ligament allongé, étroit ; callus marginal convexe, assez épais, allongé ; nacre blanche en avant, bleuâtre à la partie postérieure.

Longtemps nous avons hésité en présence de cet Unio, nous demandant si nous pouvions le rattacher à l'*U. limosus*, avec lequel il a le plus de ressemblance extérieure qu'avec tout autre. Mais la forme particulière des dents, qui ne sont ni aussi allongées, ni aussi comprimées, que chez l'espèce des fleuves du nord de l'Europe, l'aspect des sommets à peine plissés, et sa taille souvent minime nous ont éloigné de cette pensée ; nous croyons être en présence d'une espèce distincte.

Il est probable que c'est celle qui a été désignée, par la plupart des naturalistes espagnols, sous le nom d'*U. pictorum*, lequel, en quelque sens qu'on le prenne, ne semble pas exister dans les eaux du royaume.

Les exemplaires provenant du rio Henares sont moins allongés que les autres.

15. **Unio decurtatus** sp. n.

C. ovato-oblonga (cochleariformis), convexa, solida, ad peripheriam striato-sulcatula, nitida, virescens fusco-zonata, postice in rostrum attenuatum desinens ; marg. dorsualis et ventralis leviter arcuati ; nates prominulæ, tumidulæ, striatulæ, apice vix minute tuberculosæ ; area stricta ; dentes v. dextræ duo, minores, compressi, denticulati, superior minutus, inferior erectus ; dentes valvæ sinistræ compressi, anterior elongatus, callus marginalis convexus, prolongatus ; margarita pallide carnea, vel nitide candidula. — Long. 55-60 ; alt. 30-35 ; diam. 20-23 mill.

Hab. le Duero, à Zamora (*Macho; de Chia*); le
Tage, à Santarem (*Morelet*); le Mondego (*da Silva*);
le Valdeazogues, à Caracollera, prov. de Ciudad-
Real (*Boscá*).

C. ovale-oblongue, peu allongée, convexe, solide,
striée-sillonnée vers la périphérie, luisante à la partie supérieure, d'un vert mélangé de tons jaunâtres
(brunâtre chez les individus âgés), traversée par des
zonules brunâtres; bords supérieur et inférieur doucement arqués et presque également convexes ; partie postérieure terminée par un rostre peu allongé,
atténué, un peu obtus; sommets prominules, un peu
renflés, finement striés, à peine ornés de deux ou trois
menus tubercules, peu apparents chez les adultes ;
écusson étroit; dents de la valve droite au nombre de
deux, petites, comprimées, denticulées, la supérieure
petite, l'inférieure saillante; dents de la valve gauche
denticulées comprimées, l'antérieure allongée; callus
marginal assez épais, convexe, se prolongeant presque jusqu'à l'extrémité du rostre ; nacre d'un blanc
teinté de couleur de chair, ou d'un blanc brillant.

Les jeunes ont les sommets projetés en avant, et
portent 2 à 3 tubercules, plus visibles que chez les
adultes ; leur lunule est élargie , l'épiderme est jaune
et vert, lisse, luisant, traversé obliquement par des
rayons obsolètes. La forme raccourcie du rostre est
plus sensible sur les jeunes que sur les adultes.

Ce qui distingue cette espèce de l'*U. limosellus*,
c'est sa forme assez courte, régulièrement ovale (assez
semblable au cuilleron d'une cuiller), sa plus grande
hauteur sous les sommets, la double dent bien

apparente de la valve droite, et son rostre atténué.

La même espèce habite le Tage, près de Santarem, où elle atteint une taille supérieure aux spécimens du Duero, et le cours inférieur du Mondego. Ceux du Tage mesurent jusqu'à 75 mill. de longueur, sur 40 de hauteur et 28 de diamètre. Leur lunule est un peu élargie ; c'est bien la même forme, régulièrement ovale, dilatée sous des sommets simplement striés.

Dans ces conditions, on peut considérer l'*U. decurtatus* comme une des formes caractéristiques des bassins occidentaux de la péninsule.

16. **Unio gravatus** sp. n.

C. ovali-elongata, ventricosa, crassa, ad oras striato-squamosa, fusca ; margo dorsualis arcuatus, m. ventralis subretusus ; pars postica elongata, in rostrum attenuato-decurvatum producta ; nates tumidæ, prominentes (apud juvenes grosse tuberculatæ, postice plicatæ), in adultis profunde erosæ ; dentes valvæ dextræ duo inæquales : inferior major, crassus, acutus, superior minor, compressus, elongatus ; lamellæ validæ ; impressiones anticæ profundæ ; callus convexus, prolongatus ; margarita lividula. — Long. 73 ; alt. 33 ; diam. 25 mill.

Hab. l'Espagne (*Dautzenberg*).

C. ovale allongée, ventrue, épaisse, irrégulièrement striée-squameuse vers la périphérie, profondément érodée à la partie antérieure et centrale (l'érosion, qui forme de larges sillons, laisse à découvert les couches du cortex, d'un blanc de craie) ; épiderme d'un marron sombre, noirâtre ; bord supérieur arqué ; bord inférieur subrétus, sinué ; côté postérieur très allongé, se terminant par un rostre long, atténué, obtus, incurvé par la déclivité prononcée du bord supérieur; sommets très renflés, proéminents, largement excoriés chez l'adulte, portant (dans le jeune âge) des tubercules allongés, et des plis (6-7 sur chaque valve) dirigés en arrière; lunule fusiforme; dents de la valve droite au nombre de deux, parallèles, inégales, la supérieure déprimée, comprimée, l'inférieure forte, épaisse, acuminée; dents de la valve gauche assez saillantes; lamelles assez fortes, mais peu élevées; impressions antérieures profondes; callus convexe, se prolongeant sur tout le bord ventral; nacre livide.

Les jeunes sont olivâtres, avec des zonules foncées. Leurs sommets sont teintés de rouille, et remarquables par les tubercules longs groupés au sommet, et surtout par les plis rayonnants très apparents dirigés vers la partie postérieure.

Nous regrettons de n'avoir sous les yeux que deux exemplaires de cette espèce très caractérisée, l'un adulte et ayant atteint à ce qu'il semble son maximum de développement, l'autre plus jeune. Nous regrettons surtout de ne pas pouvoir préciser la localité de l'Espagne où elle fut découverte.

Ses contours externes sont à peu près ceux de l'*U. crassulus* (v. *Unionidæ du bassin du Rhône*, pl. 2, fig. 5); mais le test est plus épais, plus ventru, indépendamment des autres différences.

17. Unio dactylus Morelet, Descr. moll. du Portugal, p. 110, t. 14, fig. 2 (1845).

C. oblongo-elongata, convexa, crassiuscula, ad oras tenuiter striatula, pallide brunneo-violacea, ad nates grisea; marg. sup.

et infer. rectiusculi, fere paralleli ; pars antica brevissima ; pars
postica elongatissima, in rostrum attenuato-truncatulum producta ; nates vix prominulæ, apice parce tuberculosæ ; area
stricta, elongatissima ; dens v. dextræ minor, crassulus, truncatus, denticulatus ; dentes v. sinistræ minores ; callus marginalis convexus, prolongatus. — Long. 60 ; alt. 27-28 ; diam.
18-20 mill.

Hab. le Guadiana, à Ciudad-Real (*Boscá*) ; à Villanueva de la Serena (*Zaragoza*).

C. oblongue-allongée, convexe, solide ou même
assez épaisse, finement sillonnée sur les bords, d'un
brunâtre clair violacé, avec quelques zonules plus
foncées, gris-clair vers les sommets ; bords supérieur
et inférieur à peu près droits et parallèles ; côté
antérieur extrêmement court, quelquefois subangu-
leux supérieurement ; partie postérieure très allongée (cinq fois plus grande que l'antérieure), se
terminant par un rostre long, légèrement atténué
tronqué ; sommets à peine prominules, portant de
petits tubercules vers les crochets ; écusson étroit
très allongé ; dent de la valve droite petite, un peu
épaisse tronquée au sommet, crénelée ; celles de la
valve gauche peu développées ; lamelles très allongées, mais peu saillantes ; sinus ligamentaire long ;
impressions antérieures assez profondes ; callus
marginal convexe, allongé ; nacre d'un blanc faiblement teinté de bleuâtre.

Les jeunes sont jaunâtres avec des zonules brunâtres ; leurs sommets, d'un gris clair, sont tuberculés.

Nous avons sous les yeux le type recueilli par
Morelet dans un affluent du Guadiana, près de Cas-

tro-Verde. Bien qu'il soit un peu plus épais et un peu plus renflé que les spécimens récoltés à Ciudad-Real par M. Boscá, nous y rapportons ces derniers, pensant qu'ils appartiennent à une même espèce, malgré leur différence de coloration.

La couleur de ces échantillons rappelle celle de l'*Unio Penchinatianus*. Ceux de Villanueva sont olivàtres. Le type de Morelet est brun roussâtre.

18. Unio Penchinatianus Bourg. Moll. nouv. litig. p. 141, t. 25, fig. 1-7 (1865); Kobelt, Icon. IV. fig. 1155; Westerl. VII, p. 70.

C. oblongo-elongata, valde inæquilateralis, convexa, tenuis, striato-rugosa, pallide brunneo-violacea, ad umbones grisea vel candidula; margo dorsualis arcuatus, ventralis rectiusculus; pars anterior brevissima, posterior in rostrum elongatum, aliquando vix attenuatum producta; nates prominulæ, uncinatæ parce plicatæ, pallidæ (plerumque erosæ); ligamentum breve; dens valvæ dextræ compressulus, vel conicus vel truncatus; lamellæ cultellatæ; margarita antice lactea roseo-tincta, postice pallide cærulescens. — Long. 50-60; alt. 27-30; diam. 18-20 mill.

Hab. le lac de Bañolas : province de Gerona (*Martorell ; Courquin ; Salvañá; Hidalgo*); la riera de Llémana (*de Chia*).

Coquille oblongue-allongée, très inéquilatérale, convexe, mince, striée-rugueuse surtout sur le rostre et le pourtour ventral; épiderme d'un brun pâle violacé, grisâtre vers les sommets, souvent même blanchâtre par suite d'une érosion superficielle de cette région; bord dorsal arqué, bord inférieur droit ; côté antérieur très court, partie postérieure très allongée se terminant par un rostre le plus souvent obtus, quelquefois faiblement atténué; sommets prominules, recourbés, plissés-ondulés vers les crochets, d'une teinte plus pâle que le reste, souvent même blanchâtres; ligament court, corné brunâtre; dent comprimée, plus ou moins élevée, quelquefois conique, quelquefois tronquée, denti-culée; lamelles comprimées, allongées; nacre blanchâtre à la partie antérieure et teintée de rosâtre, légèrement bleuâtre à la région postérieure, peu brillante.

Chez les jeunes, les plis des crochets portent quelques petits tubercules.

Elégante espèce dont quelques spécimens rappellent l'aspect extérieur de certains sujets de l'*U. corrosus* du lac de Pusiano, mais qui ne peuvent être confondus entre eux.

Les stries d'accroissement forment souvent des zones d'une teinte plus foncée que le fond de l'épiderme.

Quelques exemplaires pêchés dans la riera de Llémana, bien que pourvus d'une autre coloration, peuvent y être rapportés; leur épiderme est d'un verdâtre mêlé de brun. Les autres caractères sont ceux du type de Bañolas.

19. **Unio Moquinianus** Dupuy, Essai sur les moll. du Gers, p. 80, t. 1, fig. 1-3 (1843); Hist. moll., p. 644, t. 26, fig. 18; Rossm. Icon. 12, p. 31, fig. 769-771; Moq. Tand. Hist. moll. II, p. 573, t. 50, fig. 1-2; Küster, Gatt. Unio, t. 27, fig. 3-5; Drouet, Nayad. 2, p. 88, t. 6, fig. 3.

4*

Hab. le rio Ulla, Galice (*Macho*) ; la riera de Osor,
près de Angles, prov. de Gerona (*de Chia*) ; le Ter,
à Angles (*Salvaña*) ; l'acequia del molino de Bon-
mati, à Angles (*de Chia*).

Bien que je n'aie sous les yeux qu'un petit nombre de sujets de chaque provenance, je ne puis les
rapporter qu'à l'espèce décrite par Dupuy, dont je
possède de bons types donnés par l'auteur même.
C'est bien la même forme arquée, le même épiderme
noirâtre, les mêmes érosions, la même coloration
de la nacre, enfin et surtout, la même disposition
de la charnière : les dents sont petites ; celles de la
valve gauche, notamment, sont peu développées.
Les sujets provenant de l'*acequia* du moulin de Bon-
mati, à Angles, ont seul un épiderme plus clair, d'un
jaune verdâtre, avec des zones brunes : ils sont aussi
plus comprimés que les autres.

20. **Unio Hispanus** Moquin-Tandon in sched. ;
Rossm. Icon. vol. II, p. 26, fig. 747 (junior) (1844) ;
Bourg. Moll. nouv. litig. p. 145, t. 24, fig. 1-3 (1865).

C. ovali-oblonga, ventricosa, solida, crassula, ad oras sulcatula, virescenti-lutea ; margines dorsualis et ventralis (subretusus) subparalieli ; pars postica breviter obtuse rostrata, subat-
tenuata ; nates tumidæ, elatæ, prominentes, intortæ, apice vix
undulato-rugosæ ; area vix impressa ; areola distincte fusiformis ; dens valvæ dextræ compressus, truncatus, subhorizontalis,
serrulatus ; dentes v. sinistræ compressi, serrulati ; callus marginalis crassulus, convexus ; margarita lacteo-aurantiaca, postice lœte iridescens. — Long. 70-75 ; alt. 35-40 ; diam. 25-30
mill.

Var. **Sevillensis** Kobelt, Icon. N. F. vol. III, fig. 495 (1888) ; Nachr. Deutsch. Malak. Ges. N°ˢ 1 et 2, p. 24 (1888).

Var. **sphenoides** West. Anales de la Soc. Esp. de Hist. nat. t. XXI, p. 390 (1892).

Hab. le Guadaira, près de Séville (*Calderón*) ; le Genil, à Loja (*Sainz*) ; le Guadalhorce, le Guadalen (*Hidalgo*) ; le Guadalquivir (*Moquin-Tandon*). — La var. *Sevillensis*, le Guadalquivir, à Séville (*Calderón*). Un seul exemplaire.

C. ovale-oblongue, ventrue, solide, assez épaisse, (pesante chez les vieux exemplaires), sillonnée-squameuse sur les bords, d'un vert-jaunâtre avec quelques rayons à demi effacés, quelquefois d'un marron clair chez les adultes ; bords supérieur et inférieur presque parallèles, l'inférieur légèrement subrétus ; bord antérieur arrondi ; partie postérieure se terminant par un restre assez court, faiblement atténué, obtus ; sommets très renflés, largement arrondis, élevés, assez éloignés du bord antérieur, à crochets recourbés, à peine tuberculés ; lunule distinctement élargie, fusiforme ; dent de la valve droite subhorizontale, comprimée, tronquée au sommet, denticulée ; celles de la valve gauche comprimées, denticulées, minces, séparées par un sillon étroit, allongé, la postérieure triangulaire-aiguë ; lamelles assez fortes ; impress. musculaires antérieures assez profondes ; callus marginal épais, convexe, long ; nacre d'un blanc-orangé en avant, très irisée et même un peu violacée en arrière.

Chez les jeunes (34 mill.), les petits tubercules

des crochets sont plus apparents; ils s'effacent au fur et à mesure de l'agrandissement du test.

Les exemplaires provenant du Guadalhorce sont remarquables par leur épiderme d'un vert tendre, nuancé en avant de tons rosâtres, et légèrement rayonné.

La var. *Sevillensis* (peut-être jeune) diffère à peine du type.

La var. *sphenoides* est le type bien adulte, et atteignant son maximum de développement.

Il est certain que les exemplaires arrivés aux mains de Rossmæssler étaient jeunes et loin d'avoir acquis leur complet développement. Ceux figurés par Bourguignat étaient déjà mieux formés. Ceux qui nous ont été adressés par M. Calderón sont entièrement adultes et paraissent avoir atteint leur maximum de croissance (var. *sphenoides* de Westerlund).

Morelet a recueilli dans les affluents du Guadiana, et M. da Silva dans le Mondego, une variété à rostre plus atténué.

L'un des caractères invariables de cette espèce consiste dans la direction presque horizontale de la dent cardinale de la valve droite. Les sommets sont un peu plus éloignés du bord antérieur que dans les autres espèces de ce groupe : leur position est submédiane, surtout chez les sujets non adultes.

21. **Unio Valentinus** Rossmæssler, Icon. III, p. 37, fig. 852 (1854); Bourg. Moll. nouv. litig. p. 143, t. 24, fig. 1-6; Westerl. VII, p. 140.

C. oblongo-trapezialis vel rhomboidea, tumidula, solida, ni-

tida, luteola fusco-zonata ; margines dorsualis et ventralis fere
paralleli ; pars postica in rostrum attenuato-declive producta ;
nates prominentes, recurvo-conniventes, apice parce tuberculatæ ; ligamentum breve ; dens valvæ dextræ compressus, humilis, obselete triangularis ; dentes valvæ sinistræ crenulati ;
lamellæ angustæ ; sinus brevis, ovatus ; margarita pallide sal-
monea. — Long. 60-70 ; alt. 33-37 ; diam. 21-25 mill.

Hab. l'Albufera de Valence (*Boscá ; Hidalgo*) ; Almenara, province de Castellon (*Boscá*) ; le Júcar, à
Cullera, province de Valence (*Boscá*).

Coquille oblongue trapézoïde ou rhomboïde, assez
renflée, solide, revêtue d'un épiderme brillant, d'un
jaune teinté de brun sur la région postéro-dorsale,
avec quelques zones brunâtres, quelquefois d'un
grisâtre violacé ; bords supérieur et inférieur presque parallèles ; bord antérieur largement arrondi ;
partie postérieure se terminant par un rostre assez
court, atténué-déclive ; sommets proéminents, assez
éloignés du bord antérieur, ornés vers les crochets
d'une rangée de quatre petits tubercules, d'une teinte
généralement plus pâle que le centre du test ; ligament court, assez proéminent ; écusson souvent traversé par des plis variqueux irréguliers ; sinus du
ligament court, ovoïde ; dent de la valve droite comprimée, peu saillante, confusément triangulaire,
quelquefois surmontée d'une autre très petite dent
allongée, à peine saillante ; celles de la valve gauche
à peine séparées, comprimées, crénelées ; lamelles
courtes, fortes, un peu arquées ; impressions musculaires bien marquées ; nacre d'un saumoné pâle,
blanchâtre sur les bords.

Les jeunes ont le test lisse et très luisant, d'un jaune-pâle uniforme ; leurs sommets portent quelquefois des plis ondulés qui disparaissent sur les adultes.

Ce type, bien caractérisé et spécial à la péninsule, se place dans la nomenclature près de l'*U. Requieni.* C'est une des belles espèces de mollusques rapportées par Rossmæssler de son voyage en Espagne, en 1853. Elle a été très bien figurée par l'*Iconographie* d'abord, et ensuite par M. Bourguignat.

Le Muséum de Saint-Pétersbourg, et celui de Lyon, possèdent de bons types de cette espèce, qui d'ailleurs n'est pas rare dans les collections particulières.

22. **Unio Turtoni** Payraudeau, Cat. moll. de Corse, p. 65, t. 2, fig. 2-3 (1826) ; Drouët, Union. Ital. p. 52.

Hab. le Fluvia, à Olot (*Salvañá ; de Chia*) ; le Rabell, à Olot (*Serradell*) ; le Liern, à Argelaguer (*Salvañá*).

Nous possédons des échantillons authentiques de l'*U. Turtoni*, provenant du Stabiaccio, à Porto-Vecchio (Corse). Nous ne voyons aucune différence appréciable entre eux et ceux qui ont été recueillis en Espagne, dans les cours d'eau précités. Ceux-ci ont peut-être l'épiderme en général plus clair : mais c'est là tout ce qu'on peut noter. L'appareil cardinal, le profil, les sommets, l'épaisseur, sont identiques de part et d'autre.

Seuls, les sujets du Liern sont un peu douteux,
et cela parce que les spécimens placés sous nos
yeux semblent blessés, gênés dans leur développement, et par suite d'un aspect un peu anormal,
étant raccourcis et à rostre mal conformé.

23. **Unio Requieni** Michaud, Compl. p. 106, t.
16, fig. 24 (1831); Rossm. Icon. 3, p. 24, fig. 198;
Küster, Gatt. Unio, p. 126, t. 21, fig. 7 ; Dupuy,
Hist. moll. t. 27, fig. 18; Drouët, Nayad. 2, t. 7,
fig. 1.

Hab. l'acequia del molino de Vives, à Palol de Oñar,
province de Gerona (*Salvañá; de Chia*); le Tormes,
à Salamanque (*Salvañá*).

Bien que des Unios nous aient été adressés sous
ce nom de quelques autres localités d'Espagne, nous
ne citons que celles ci-dessus mentionnées, parce
que les spécimens de ces provenances sont les seuls
qui nous paraissent indiscutables. Les autres sont
tout au moins douteux, ou moins bien caractérisés.
Confrontés avec les types que nous tenons de Michaud lui-même, ceux-là en reproduisent tous les
caractères. Ils suffisent d'ailleurs pour prouver que
l'*U. Requieni* existe en Espagne, ce qui nous semble incontestable.

24. **Unio atharsus** Bourg. in sched.; Locard,
Contrib. mal. XIII, p. 145 (1889); Westerl. Fauna
palæarct. VII, p. 127 (1890).

Hab. Valence (*Hidalgo*).

D'après le croquis pris par M. le Dr Brot sur un

exemplaire de la collection Bourguignat, cette forme serait fort voisine de *U. Requieni*. Cependant, elle offre cette particularité que le bord inférieur présente, vers son milieu, une dépression qui le rend subrétus. Il faudrait examiner une série d'individus, pour être complètement fixé sur la validité de cette espèce, dont nous ne possédons qu'un seul échantillon provenant des environs de Valence.

25. **Unio Aleroni** Companyo et Massot, Bull. Soc. agr. Pyr. Orient. t. VI, p. 234, fig. 2 (1845); Bourg. Moll. nouv. litig. p. 151, t. 23, fig. 1-2; Massot, Bull. Soc. agr. Pyr. Orient. t. XIX, p. 134; Kobelt, Icon. vol. IV, p. 64, fig. 1150; Drouët, Unionid. bass. du Rhône, p. 39.

C. ovali-oblonga, compressula vel convexa, tenuis, subtiliter striata, nitidula, virescens vel luteo-virescens fusco-zonata ; marg. dorsualis et ventralis fere paralleli ; pars postica in rostrum attenuato-truncatulum desinens; nates depressulæ, plicato-undulatæ, tuberculosæ ; ligamentum tenue ; dens v. dextræ minor, compressus, triangularis; lamellæ cultellatæ ; impress. superficiales ; margarita vel pallide cærulescens vel roseo-lutescens. — Long. 50-55 ; alt. 25-28 ; diam. 15-17 mill.

Hab. la « Balsa del molino de la riera de Castellon de Ampurias, » province de Gerona (*Salvañá*) ; le lac de Castellon de Ampurias (*Salvañá*); le Tordera, à Hostalrich, province de Gerona (*de Chia*); le rio Oñar, comarca de Gerona (*de Chia*) ; les environs de Barcelone (*Terver ; Hidalgo*); la riera de Ciurana, bajo Ampurdan (*de Chia*).

C. ovale-oblongue, comprimée ou convexe, mince, finement striée, luisante, d'un vert clair ou jaunâtre avec plusieurs zones brunes; bords supérieur et inférieur presque parallèles, l'inférieur quelquefois faiblement subrétus ; bord antérieur bien arrondi ; côté postérieur terminé par un rostre très comprimé, atténué, légèrement tronqué ; sommets à peine prominules, fortement plissés-ondulés, tuberculés ; ligament mince, assez court; dent de la valve droite petite, comprimée, triangulaire; celles de la valve gauche à peine séparées, l'antérieure plus grande ; lamelles minces ; sinus allongé ; impress. musculaires superficielles (sauf la fosse) ; nacre d'un blanc teinté de bleu ou de rosâtre-jaune.

Les jeunes ont l'épiderme d'un brun pâle et la nacre blanche. — Les très vieux individus atteignent 60 mill. et ont l'épiderme d'un brun verdâtre.

Les exemplaires espagnols diffèrent à peine, par des nuances peu importantes, des exemplaires français provenant du ruisseau de Thuir et de la Basse (Pyrénées-Orientales).

Constamment plus mince, plus comprimé, et muni d'un appareil cardinal plus ténu, l'*Unio Alcroni* se distingue aisément de l'*U. Requieni*.

26. **Unio Graellsianus** Bourguignat, Moll. nouv. litig. p. 147, t. 23, fig. 4-7 (1865) ; Westerl. VII, p. 140.

Hab. l'Albufera et les ruisseaux près de Valence (*Bourguignat*).

Nous ne possédons pas cette espèce, dont il existe une description suffisante et de bons dessins dans l'ouvrage cité. Mais M. le Dr Brot a examiné dans la collection Bourguignat (au Musée de Genève), les deux types qui y figurent, et comme nous lui demandions s'il n'y avait pas quelque rapport entre cette espèce et notre *Unio Almenarensis*, voici ce que ce savant nous a répondu.

Dans l'*U. Graellsianus*, les sommets sont plus éloignés du bord antérieur et ne portent pas la sculpture si marquée sur votre *U. Almenarensis*; les sommets sont lisses et présentent tout au plus quelques traces de granules tout près du nucléus. La coquille est un peu plus renflée; sa surface est divisée en deux zones bien distinctes, subégales, séparées par une strie d'accroissement noire très marquée; la partie voisine des crochets est d'un blanc jaunâtre, tandis que la partie périphérique est olive-verdâtre clair. Le bord supérieur de la coquille est presque rectiligne; il en résulte que la charnière n'est presque pas arquée, les dents antérieures ne faisant presque pas d'angle avec les lamelles; les deux dents antérieures de la valve droite sont séparées par un sillon d'égale largeur dans toute sa longueur, tandis que dans vos spécimens (*U. Almenarensis*) ce sillon s'élargit graduellement et notablement du côté antérieur. En résumé, les deux formes ne peuvent pas être assimilées (Dr Brot, in litt.).

27. Unio Almenarensis, sp. n.

C. ovata, convexa, tenuis, subtiliter striata, nitida, grisco-virescens vel lutescens, ad nates pallidior; margo dorsualis arcuatus; m. ventralis convexus vel rectiusculus; pars postica breviuscula, in rostrum breve truncatum desinens; nates prominulæ, seriatim tuberculosæ; cristula postero-dorsalis sat ele-

vata ; ligamentum breve ; dens valvæ dextræ minor, compressus, obsolete triangularis ; dentes v. sinistræ humiles ; lamellæ
breviusculæ ; impress. superficiales ; marg. pallide carnea vel
cærulescens, (sub lente) ad oras subtilissime striatula ; callus
marginalis convexus. — Long. 50-55 ; alt. 29-30 ; diam. 16-
17 mill.

Hab. Almenara, province de Castellon de la Plana
(*Boscá*).

C. ovale, convexe, mince, très finement striée,
luisante, d'un gris verdâtre ou jaunâtre, plus pâle
vers les sommets ; bord supérieur arqué, ou légèrement ascendant, l'inférieur droit ou un peu convexe ;
bord antérieur semicirculaire ; partie postérieure
peu allongée ou assez courte, se terminant par un
rostre court, subitement atténué, tronqué ; sommets
prominules, d'un cendré clair, ornés de deux rangées de tubercules, dont les plus gros sont ceux de
la rangée postérieure (cinq tubercules environ dans
chaque rangée) ; crête postéro-dorsale développée,
assez élevée ; écusson bien délimité, souvent traversé par des plis variqueux ; ligament court ; dent
de la valve droite petite, comprimée, vaguement
triangulaire (souvent même une autre petite dent
rudimentaire au-dessus de la dent principale) ; dents
de la valve gauche petites, allongées ; lamelles minces,
assez courtes ; impress. musculaires superficielles ;
callus marginal bien marqué, convexe ; nacre d'un
bleuâtre pâle, ou d'un carné pâle, sous la loupe très
finement plissée et pointillée à la partie antérieure.

Chez les jeunes, les cinq tubercules de chaque
rangée sont très accentués et paraissent plus espacés.

Les deux rangées sont concentriques et aboutissent aux crochets.

Cette espèce ne peut être comparée qu'à l'*U. Graellsianus*. Mais elle en diffère essentiellement en ce que les sommets ne sont pas placés comme chez celle-ci, et surtout en ce qu'ils portent des tubercules très accentués qui n'existent pas chez l'*U. Graellsianus*.

28. **Unio Bæticus** Kobelt, Iconographie N. F. vol. III, p. 55, fig. 496 (1888) ; Nachr. Deutsch. Malak. Ges. 1888, p. 22.

C. ovata, tumida, solidula, striatula, virescenti-fusca, postice obsolete radiata ; margo sup. horizontalis, m. ventralis vix convexus, marg. anticus et posticus rotundati ; nates tumidæ, prominentes, plicis fulguratis 3 et tuberculis sculptæ ; area fusiformis ; ligamentum breve ; sinus angustus, elongatus ; dens v. dextræ parvus, compressus, crenulatus ; dentes v. sinistræ vix sejuncti, compressi, crenulati ; lamellæ elevatæ, cultellatæ ; margarita antice carneo-albida, postice pulchre iridescens. — Long. 45 ; alt. 26 ; diam. 19 mill.

Hab. le Guadaira, près de Séville *(Calderón)*. — Un seul exemplaire.

C. ovale, renflée, assez solide, finement striée, à peine luisante, d'un vert sombre ou brunâtre, traversée sur la région postérieure par des rayons à peine visibles ; bord supérieur horizontal ; bord inférieur légèrement convexe ; bords antérieur et postérieur arrondis ; rostre très court ; sommets plus pâles, renflés, proéminents, contigus, ornés de 3 plis en zig-zag très accentués et de gros tubercules perliformes ; lunule visible ; corselet fusiforme, li-

mité par un sillon'; ligament court, étroit; sinus étroit,
mais assez long ; dent de la valve droite petite, comprimée, denticulée ; celles de la valve gauche à peine
séparées, comprimées, crénelées ; lamelles élevées,
tranchantes; impress. musculaires antérieures peu
profondes ; nacre antérieurement couleur de chair
pâle, très irisée à la partie postérieure.

Par sa forme générale, cette espèce rappelle l'*U.*
Batavus, à forme courte; mais l'ornementation des
sommets serait plutôt le dessin de l'*U. tumidus.*

Il est difficile de se prononcer définitivement sur
un type établi avec un seul individu, qui n'est peut-
être pas entièrement adulte.

Une erreur matérielle s'est glissée dans la légende
de la planche 89 de l'*Iconographie :* la figure 495 re-
présente l'*U. Sevillensis,* et la figure 496 l'*U. Bœticus.*

29. **Unio callipygus** sp. n.

C. ovata, tumida, solidula, striatula vel læviuscula, luteola
fusco-zonata ; margo dorsualis arcuatus, m. ventralis rectiusculus ; pars antica brevissima, postica in rostrum obsolete truncatum producta ; nates tumidæ, prominentes, recurvo-conniventes, apice vix plicatulæ ; dens valvæ dextræ crassulus vel
compressulus, truncatus ; dentes v. sinistræ denticulati ; margarita nitidissima, pallide aurantiaca. — Long. 45-55 ; alt. 24-
29 ; diam. 19-23 mill.

Hab. le Guadiana, à Ciudad-Real (*Boscá*).

C. ovoïde, ventrue, surtout renflée à la partie
supérieure, solide, lisse et très luisante, finement
striée-sillonnée chez les sujets très adultes (ces derniers portant en outre des plis variqueux et des rides
longitudinales et transverses sur l'écusson) ; épiderme

d'un jaune pâle sur les sommets, plus foncé vers la partie inférieure et rostrale, avec quelques zones brunâtres ; bord supérieur doucement arqué, inférieur presque rectiligne ; côté antérieur très court, arrondi ; partie postérieure se terminant par un rostre à peine atténué, faiblement tronqué ; sommets renflés, très proéminents, fort rapprochés du bord antérieur, à crochets recourbés, faiblement plissés ; ligament noirâtre ; dent de la valve droite quelquefois un peu épaissie, le plus souvent comprimée, mais toujours courte, tronquée au sommet ; dents de la valve gauche irrégulièrement crénelées ; impressions antérieures bien apparentes, postérieures superficielles ; nacre très brillante, d'un orangé pâle.

Les jeunes ont le test raccourci et l'épiderme d'un jaunâtre clair.

En somme la coloration de cette espèce est celle de l'*U. Valentinus ;* sa forme générale la rapproche de l'*U. Batavus,* dont elle dérive sans doute ; mais le renflement des sommets, leur position très rapprochée du bord antérieur, les rides ou plis variqueux qui se remarquent à la partie supérieure, le long de l'écusson, et sa coloration, donnent à cet Unio un faciès qui le différencie suffisamment soit de l'*U. Batavus,* soit de l'*U. Lusitanus.* Nous ne connaissons d'ailleurs pas, en Espagne, l'*U. Batavus.* Comme provenance de la péninsule, nous ne l'avons reçu que de l'embouchure du Duero (*Silva e Castro*).

30. **Unio Turdetanus**, sp. n.

C. ovata, ventricosa, solida, tenuiter striato-squamosula, tricolorata : antice brunnea, postice prasina, apice grisea ;

marg. card. et ventralis fere paralleli ; pars postica in rostrum
mediocre obtusum desinens; cristula sat dilatata ; nates tumidæ, elatæ, prominulæ, uncinatæ, apice vix granulosæ (in
adultis), plicatæ (in junioribus) ; dens v. dextræ minor, compressus, acutus; dentes v. sinistræ humiles, juncti, crenulati ;
lamellæ cultellatæ; impress. superficiales; marg. albo-cæru-
lescens. — Long. 63-70 ; alt. 35-40 ; diam. 24-26 mill.

Hab. l'arroyo del Salado, près de Moron, prov. de
Séville (*Calderón*).

C. ovale, ventrue ou très ventrue supérieurement,
mince et cependant solide, très finement striée-squameuse, tricolore : brunâtre antérieurement, d'un
beau vert foncé sur la moitié postérieure, grisâtre
aux sommets; bords supérieur et inférieur presque
droits et parallèles ; bord antérieur arrondi, un peu
atténué; partie postérieure terminée par un rostre
assez court, obtus ; crête postéro-dorsale un peu
dilatée ; sommets bien renflés, larges, proéminents,
à crochets recourbés, chez les adultes à peine gra-
nulés, chez les jeunes plissés-ondulés, grisâtres
ou roussâtres ; ligament d'un corné jaunâtre ; dent
de la valve droite, petite, comprimée, aiguë, celles
de la valve gauche basses, comprimées, réunies,
crénelées; lamelles minces ; impressions superficielles ; nacre d'un blanc bleuâtre.

Les jeunes ont le test plus mince, plus raccourci-
obtus, plus obèse; leur coloration est plus claire;
leurs sommets sont faiblement plissés-ondulés,
d'un gris clair.

Cette espèce constitue, pour la faune espagnole,
une très bonne acquisition, caractérisée par la forme
ventrue et obèse de la partie supérieure du test, ses

stries squameuses et fines formant un épiderme
feutré, la triple coloration de l'épiderme où domine
le vert franc et la délicatesse de l'appareil cardinal,
dont les dents de la valve gauche sont très réduites
et réunies.

Au premier aspect, on peut lui trouver quelques
points de contact avec certaines espèces d'Algérie,
notamment avec l'*U. Tafnanus* (province d'Oran);
mais elle en est bien et duement distincte, tout en
se plaçant dans son voisinage.

GENRE ANODONTA

31. **Anodonta littoralis** Drouët, Unionid. bass.
du Rhône, p. 73, t. 1, fig. 3 (1889).

Hab. le molino de Vives, à Palol de Oñar (*de
Chia*); l'Oñar, à Gerona (*Salvañá*); la riera de Castellon de Ampurias (*Salvañá*).

En comparant nos types du Roussillon aux échantillons espagnols, nous ne trouvons aucune différence de quelque importance. C'est bien la même
forme oblongue allongée, très renflée sous les sommets, à test mince, luisant.

Dans la figure que nous avons donnée de cette
espèce, dans notre étude sur les *Unionidæ du bassin du Rhône*, planche 1ʳᵉ, figure 3, le dessinateur a
trop accentué la proéminence des sommets. Ils sont
en effet très renflés, mais sans être aussi proéminents.

Quelques exemplaires provenant de l'Oñar, à Gerona, plus petits, moins renflés que le type, à stries serrées à la partie antérieure, à épiderme nuancé de brun pâle et de tons rougeâtres, semblent constituer une bonne variété de cette espèce.

32. Anodonta latirostris sp. n.

C. intermedia, oblongo-elongata, inflata, tenuis, ad oras sulcata, medio nitida, brunneo-virescens, vel rubiginosa ; margo super. rectiusculus, margo ventralis longus fere parallelus ; pars postica elongata, in rostrum longum late truncatum producta ; nates sat inflatæ, sed depressæ, plicatæ (erosæ, nitidæ) ; crista longa, humilis, transversim impressa ; ligamentum tenue ; laminula rectiuscula ; sinus longus, lanceolatus ; margarita cœrulescens. — Long. 105 ; alt. 50 ; diam. 30 mill.

Hab. le Tordera, à Tordera, province de Gerona (*Salvañá*).

C. de taille moyenne, oblongue-allongée, renflée à la partie supérieure, mince, sillonnée sur les bords, lisse et luisante vers le centre, d'un brun verdâtre mêlé de tons rougeâtres ; bords supérieur et inférieur à peu près droits et parallèles ; partie postérieure très allongée, terminée par un rostre long, largement tronqué ; sommets assez renflés, déprimés, plissés, excoriés, laissant à nu une nacre brillante, argentée ; crête allongée, déprimée, traversée diagonalement par plusieurs impressions ; ligament mince ; laminule rectiligne ; sinus long, lancéolé ; nacre bleuâtre pâle.

Espèce qui viendra se ranger dans le groupe de l'*A. diminuta* Cless., dont elle diffère surtout par son

5*

rostre plus largement tronqué, par son mode de
coloration, etc.

33. Anodonta mollis sp. n.

C. parva, oblongo-elongata, convexa, tenuis, fragilis, parce
striata, brunneo-virescens, medio rubiginosa ; marg. super. et
infer. fere paralleli ; pars postica in rostrum obtuse truncatum
prolongata ; nates depressæ, plicatulæ (erosæ) ; ligamentum
tenue ; laminula filiformis, rectiuscula ; impress. superficiales ;
margarita cærulescens. — Long. 70-75 ; alt. 35-40 ; diam. 18-
20 mill.

Hab. les environs de Valence (*Salvañá*); Gerona
(*Debeaux*).

C. petite, oblongue-allongée, convexe, mince et
fragile, assez finement striée, plus largement sillonnée à la partie antérieure, brune verdâtre, rou-
geâtre vers le milieu des valves ; bords supérieur et
inférieur à peu près droits et parallèles ; le supérieur
quelquefois légèrement convexe ; partie postérieure
très allongée, terminée par un rostre long, obtusé-
ment tronqué ; sommets déprimés, plissés-ondulés ;
ligament mince ; crête dorsale allongée, peu élevée ;
laminule réduite à un mince filet, rectiligne ; impressions très superficielles ; nacre bleuâtre.

Cette espèce, assez jolie et bien caractérisée, fait
partie du groupe de l'*A. tenella*. Elle est plus petite
et plus mince que celle-ci. Il n'existe rien de semblable en France.

34. Anodonta Bætica Kobelt, Icon. N. F. III, p. 57, t. 90, fig. 498 (1888) ; Nachr. Deutsch. Malak. Gesellsch. 1888, n° 1 et 2, p. 28.

C. magna, ovato-elongata, medio valde inflata, solida, rudi-

ter striato-costata præsertim antice, parum nitens, brunneo-
virescens castaneo-annulata, castaneo-virescenti auguste radiata, area castaneo-fusca; margo cardinalis vix arcuatus fere
horizontalis, m. ventralis arcuatus; pars postica in rostrum
attenuatum rotundato-truncatum producta; nates inflatæ, vix
prominulæ, parce plicatulæ; ligamentum crassum; sinus brevis; lamellulæ distinctæ; margarita albido-cærulescens.— Long.
120-145; alt. 70-82; diam. 45 mill.

Hab. le Guadaira, à San Juan de los Teatinos, 4
kilom. au sud de Séville (*Calderón*). Abondante.

C. grande, ovale ou ovale-allongée, très renflée à
sa partie centrale et ombonale, solide, grossement
striée-côtelée, surtout à la partie antérieure où les
côtes sont bien marquées, peu luisante, d'un brun
verdâtre avec quelques zones plus foncées, traversée
par des rayons obliques, verdâtres ou brunâtres,
étroits, l'écusson étant plus foncé que le reste, souvent brun noirâtre; bord cardinal subhorizontal ou
faiblement arqué; bord inférieur arqué; partie antérieure arrondie, comprimée; partie postérieure plus
ou moins développée, quelquefois assez allongée, se
terminant par un rostre atténué, tronqué subobtus;
sommets renflés, mais faiblement proéminents, faiblement plissés; écusson large, de couleur sombre;
crête peu saillante; ligament fort; sinus court, cor-
diforme; charnière remarquable en ce que la lame
adnée (*laminula*) porte, sur chaque valve, une lamellule assez saillante (*lamellula*); impressions musculaires larges mais superficielles, avec plusieurs impressions supplémentaires sous les crochets; nacre
d'un blanc légèrement teinté de bleuâtre, brillante,
irisée.

Nous avons sous les yeux le type même qui a servi à M. Kobelt pour sa diagnose et ses dessins. Après avoir reçu de M. Calderón plusieurs exemplaires adultes provenant de la même localité, nous avons acquis la certitude que l'exemplaire original de M. Kobelt n'est pas arrivé à son complet développement, et nous avons dû modifier les mesures de dimension conformément aux sujets bien développés que nous possédons.

Chez les jeunes, l'épiderme est d'un brun jaunâtre clair, vivement coloré; la surface est moins rugueuse, la crête postéro-dorsale est plus saillante que chez l'adulte.

Quelques exemplaires, recueillis à San Juan de los Teatinos, constituent une variété plus grande et plus allongée que le type; leur épiderme est presque noir.

35. **Anodonta Calderoni** Kobelt, Iconogr. N.F. III, p. 57, t. 89, fig. 497 (junior!) 1888; Nach. Deutsch. Malak. Gesellsch. 1888, n° 1-2, p. 26.

C. magna, ovalis, subcompressa, antice late semicircularis, postice in rostrum attenuato-obtusum producta, solidula, irregulariter ruditerque striata, ad marginem posticum striato-lamellosa, antice sulcato-costulata, medio nitidula, viridi-lutescens vel castanea obsolete radiatula, cum area fusca; margo superior subarcuatus, m. ventralis æqualiter arcuatus; nates vix prominulæ, plicatulæ; lamellulæ sat distinctæ; sinus brevis, dilatatus; impress. anticæ bene distinctæ; margarita antice albida, postice cærulescens, irina. — Long. 115-145; alt. 75-85; diam. 35-40 mill.

Hab. le Guadaira, à San Juan de los Teatinos, 4 kilom. au sud de Séville (*Calderón*). Abondante.

C. grande, ovale, subcomprimée ou convexe, solide, irrégulièrement striée et sillonnée, grossement striée-côtelée à la partie antérieure, striée-squameuse sur les bords inférieur et rostral, luisante vers le milieu, d'un jaune brunâtre ou verdâtre, traversée par des rayons obsolètes, avec l'écusson d'un marron noirâtre ; bord cardinal à peine arqué ; bord inférieur régulièrement et sensiblement arqué ; partie antérieure largement semi-circulaire ; partie postérieure se terminant par un rostre plus ou moins développé, comprimé, atténué-obtus, quelquefois un peu relevé ; sommets à peine prominules, plissés ; crête déprimée ; écusson fusiforme-allongé, limité par des arêtes de couleur sombre, presque noires ; ligament noirâtre ou brun, saillant ; sinus ligamentaire court, ovalaire ; laminule un peu sinuée antérieurement, portant sur chaque valve une lamellule assez saillante ; impressions antérieures bien distinctes (plusieurs petites impressions adventives sous les sommets) ; nacre blanchâtre antérieurement, bleuâtre pâle postérieurement, assez épaisse vers le bord antérieur, irisée.

Les jeunes, d'un jaunâtre clair nuancé de vert, ont l'épiderme très brillant ; leur nacre est aussi fort brillante.

Après avoir reçu des séries de cette espèce par les soins de M. Calderón, nous avons reconnu que l'individu, décrit et figuré par M. Kobelt (que nous avons entre les mains) est jeune. Les adultes atteignent un beau développement, et certains spécimens bien adultes, parviennent à une taille faisant de cette espèce une des plus belles et des plus grandes

Anodontes de l'Espagne. C'est ce qui fait que nous avons dû modifier la diagnose (d'ailleurs si précise) du savant continuateur de l'*Iconographie*.

Bien qu'ayant une certaine épaisseur, le test de cette coquille (comme celui de l'*A. Bœtica*) est sujet à se fendiller.

36. Anodonta melinia Bourguignat, Moll. nouv. lit. 5, p. 154, t. 28, f. 1-5 (1865).

C. oblonga, convexa, tenuis, medio lævis, ad oras striata, antice pallide luteola, postice subviolacea cum area brunnea; margo dorsualis arcuatus, m. ventralis rectiusculus; pars postica in rostrum attenuatum truncatum vel obtusum producta; nates depressæ, plicatulæ, cinereæ; crista sat prolongata; ligamentum subobtectum; lamellulæ sat distinctæ; impress. superficiales; margarita pallide cærulescens. — Long. 93-100; alt. 50-55; diam. 30-35 mill.

Hab. l'Albufera de Valence (*Boscá; Salvañá; Hidalgo*). Abondante.

C. oblongue, convexe ou subventrue, mince et cependant solide, brillante, lisse vers le centre, striée sur les bords, antérieurement d'un jaune pâle ou d'un gris jaunâtre, postérieurement d'un gris violacé, brunâtre sur la région de l'écusson; bord dorsal doucement arqué; bord inférieur presque rectiligne; partie postérieure se terminant par un rostre atténué, tronqué ou obtus; sommets déprimés, faiblement plissés-ondulés; crête assez développée en longueur; ligament corné, souvent presque recouvert; lamellule naissante assez bien marquée, surtout à sa terminaison, et formant comme une bifurcation avec la laminule; impressions superficielles; nacre bleuâtre pâle, peu brillante.

Cette espèce se distingue aisément à son épiderme d'un jaune pâle en avant, violâtre en arrière, brunâtre sur l'écusson. Ses sommets, qui sont entiers, sans lésion ni décortication, ont conservé leurs crochets, sous la forme de petits tubercules, à pointe subaiguë. Le ligament est presque toujours recouvert ; le test est assez solide, bien qu'il soit peu épais. Nous avons eu sous les yeux trois spécimens déterminés par M. Bourguignat et regardés par lui comme typiques : nous devons dire qu'il n'y a pas concordance absolue entre ces types et les figures qu'il a données de cette espèce.

37. **Anodonta adusta** sp. n.

C. media, irregulariter ovata, superne tumida, solidiuscula, nitida, ad oras striato-squamosa, lutea postice brunnea ; margo dorsualis perquam arcuato-angulosus, m. ventralis rectiusculus, m. anticus late semicircularis ; pars postica abbreviata, in rostrum breve abrupte attenuatum desiuens ; nates tumidæ, prominulæ, vix plicatulæ, griseæ ; ligamentum breve, crassulum ; laminula crassula ; sinus brevis ; impressiones superficiales ; marg. candidula, nitida. — Long. 85-90 ; alt. 58 ; diam. 32-35 mill.

Hab. l'Albufera de Valence (*Boscá*). — Nombreux exemplaires.

C. moyenne, irrégulièrement ovale, enflée supérieurement et postérieurement, assez solide, luisante et lisse vers le centre, finement striée-squameuse sur les bords, jaunâtre, brunâtre clair sur le rostre et la crête ; bord dorsal très arqué-anguleux, par suite de la déclivité abrupte du bord supérieur du

rostre ; bord inférieur à peu près droit ; bord antérieur largement semi-circulaire ; partie postérieure
courte, terminée par un rostre court, subitement
atténué ; sommets enflés, prominules, à peine plissés-ondulés, grisâtres ; ligament court, assez fort ;
laminule assez grosse ; sinus petit ; impressions superficielles ; nacre uniformément blanchâtre, assez
brillante.

Les traits saillants de cette espèce consistent dans
sa forme courte, ovale-tronquée, sa hauteur, et la
déclivité subite du bord supérieur du rostre à partir
de la terminaison du ligament. Sa coloration, moitié
d'un jaune pâle, moitié terre de Sienne brûlée, est
agréable. C'est un des types les mieux caractérisés
de l'Albufera de Valence.

38. **Anodonta Castroi** Bourg. Matér. moll.
acéph. p. 186 (1881) ; Westerl. Fauna palæarct. reg.
VII, p. 229.

C. ovata, equiconvexa, tenuis, nitida, vix tenuiter sulcatula,
luteola postice brunnea ; margo card. rectiusculus, ascendens ;
m. ventralis convexus ; pars postica in rostrum attenuato-truncatulum producta ; nates depressæ, plicatulæ ; crista exserta,
angulosa, castanea ; ligamentum obtectum, corneum ; lamellulæ distinctæ ; impress. superficiales ; marg. pallide cærulescens. — Long. 90-100 ; alt. 55-57 ; diam. 28-32 mill.

Hab. l'Albufera de Valence (*Boscá ; Salvañá ; Serradell ; Debeaux*) ; le lac de Bañolas (*Macho*). Abondante.

C. ovalaire, équiconvexe, mince, brillante, finement sillonnée antérieurement, jaunâtre, brunâtre à
la partie postéro-supérieure ; bord cardinal rectiligne

ascendant; bord inférieur convexe; partie postérieure terminée par un rostre atténué, brièvement
tronqué; sommets déprimés, faiblement plissés-ondulés, grisâtres ou roussâtres; crête postéro-dorsale
assez proéminente, anguleuse; ligament assez mince,
corné, recouvert; une petite lamellule naissante,
visible surtout sous le sinus ligamentaire, dont les
facettes sont allongées; impressions très superficielles; nacre d'un bleuâtre très pâle.

Cette espèce n'offre pas de caractères bien tran-
chés. Au premier abord on pourrait la confondre
avec le jeune âge de l'*A. Martorelli*, dont elle est
d'ailleurs distincte. Plusieurs exemplaires portent
de légers rayons verts.

Tous nos spécimens sont identiques aux types de
l'auteur, conservés au Musée de Genève.

39. **Anodonta regularis** Morelet, Moll. du Portugal, p. 100, t. 10 (1845); Küster, Gatt. Anod. p.
85, t. 23, fig. 2.

C. ovato-oblonga, ventricosa, tenuis, sat tenuiter striata, la-
mellosa, medio nitida, fusco-virescens; margo super. leniter
arcuatus; m. ventralis regulariter arcuatus; pars postica in
rostrum attenuato-obtusum producta; nates tumidæ nec prominulæ; crista humilis; laminula adnata; sinus tenuis; margarita
cærulescens. — Long. 107; alt. 62; diam. 36 mill.

Hab. le Támega, à Vérin (*Macho*), et à Chaves
(*Morelet*).

C. régulièrement ovale-oblongue, renflée, équiconvexe, mince, finement striée, revêtue d'un épiderme
lamelleux, luisant vers le centre, d'un vert noirâtre;

bord supérieur faiblement arqué, bord inférieur dé-
crivant une courbe régulière ; partie postérieure plus
ou moins allongée, terminée par un rostre un peu atténué, plutôt obtus que tronqué ; sommets renflés-ar-
rondis sans être proéminents, légèrement ridés, d'une
couleur brune cuivrée (érodés) ; crête postéro-dorsale assez basse ; sinus ligamentaire assez petit ; laminule adnée, formant un simple bourrelet ; impressions superficielles ; nacre bleuâtre, irisée, et marquée de taches livides.

La forme régulièrement ovale et équiconvexe ainsi
que la coloration paraissent constantes chez les adultes, et caractéristiques.

Chez les jeunes, l'épiderme, très luisant, est revêtu
de teintes vertes et jaunes, et traversé par de larges
rayons d'un vert gai, qui donnent au test une coloration très différente de celle des adultes.

Morelet a recueilli cette espèce en abondance dans
le Támega, près de Chaves, et dans les marais formés par les débordements de cette rivière : nos types viennent de lui. M. Macho de Velado l'a trouvée
aussi abondamment dans la même rivière à Verin, à
trois lieues au nord de Chaves.

40. **Anodonta glaucina**, sp. n.

C. intermedia, ovalis, convexo-ventricosula, tenuis, ad oras
striato-lamellosa, medio nitida, virescens ; margo cardinalis
rectiusculus, ascendens ; m. ventralis vix arcuatus ; pars postica in rostrum attenuatum vix truncatum producta ; nates inflatæ, prominulæ, plicatulæ ; crista prominens ; ligamentum
tenue, fere obtectum ; laminula filiformis ; margarita pallide
cærulescens. — Long. 80-90 ; alt. 50 ; diam. 25-30 mill.

Hab. le Miño, à Tuy (*Macho*); l'Oñar, en face du cimetière de Gerona (*Salvañá*); nord du Portugal (*Dautzenberg*).

C. de moyenne grandeur, ovale, convexe un peu renflée à la région ombonale, mince, striée-squameuse vers les bords libres, assez lisse et luisante vers le milieu, verdâtre, quelquefois rayonnée ; bord cardinal droit, ascendant ; bord inférieur faiblement convexe ; partie postérieure terminée par un rostre atténué, à peine tronqué ; sommets renflés, prominules, plissés-ondulés ; crête assez élevée, formant un triangle isocèle à large base ; ligament mince, recouvert ; laminule filiforme ; impressions très superficielles ; nacre brillante, d'un bleu pâle, irisée.

Pendant le jeune âge, le test est faiblement convexe, d'un vert pâle, très brillant, très mince, avec la crête postéro-dorsale élevée-acuminée, très comprimée, et les arêtes latérales indiquées par deux larges rayons d'un vert foncé.

Cette espèce semble surtout répandue dans les cours d'eau de la Galice ; elle a été indiquée par M. Macho, dans son Catalogue, sous le nom d'*A. variabilis*.

41. Anodonta prasina, sp. n.

C. minor, ovato-oblonga, ventricosula, tenuis, ad oras squamosula, medio nitida, fusco-virescens; margo cardinalis rectiusculus, m. ventralis vix arcuatus ; pars postica in rostrum attenuato-obtusum producta; nates inflatæ sed depressæ (erosæ); ligamentum tenue ; laminula vix conspicua ; impress. superficiales ; margarita cærulescens antice albida. — Long. 75-78 ; alt. 42 ; diam. 26 mill.

Hab. le Támega (*Dautzenberg*); le Miño, à Tuy (*Macho*).

C. assez petite, ovale-oblongue, assez ventrue, mince, striée-squameuse sur les bords, luisante et assez lisse vers le centre, d'un noirâtre verdâtre; bords supérieur et inférieur presque droits et parallèles; partie postérieure terminée par un rostre atténué-obtus; sommets renflés, déprimés en dessus, excoriés; crête peu élevée, allongée; arêtes postéro-dorsales assez marquées; ligament mince; laminule filiforme en avant, très adnée en arrière; impressions très superficielles; nacre bleuâtre, blanche sur le bord antéro-inférieur.

On peut comparer cette espèce à une réduction de l'*A. regularis.*

42. **Anodonta nobilis**, sp. n.

C. maxima, oblonga, ventricosa, solidula, antice sulcato-costata, nilidissima, virescens, radiatula; margo cardinalis rectiusculus; m. ventralis medio leviter impressus; m. anticus supra obsolete angulosus; pars postica in rostrum attenuato-truncatum producta; nates tumidæ, vix prominulæ; crista humilis; area late fusiformis; laminula crassula; sinus elongatus; impress. superficiales; marg. albida. — Long. 150; alt. 80; diam. 50 mill.

Hab. l'Albufera de Valence (*Boscá*).

C. très grande, oblongue, ventrue, mince et cependant assez solide, sillonnée-côtelée à la partie antérieure, très brillante, verdâtre, quelques rayons verts; bord cardinal à peu près rectiligne et horizontal, bord inférieur presque parallèle avec une légère dépres-

sion médiane ; bord antérieur largement arrondi,
formant un angle obsolète à sa jonction avec le bord
cardinal ; partie postérieure terminée par un rostre
atténué, anguleux ; sommets renflés, larges, à peine
prominules, faiblement plissés, un peu rubigineux ;
crête grande, peu élevée ; écusson grand, largement
fusiforme ; laminule formant un bourrelet un peu sinué ; sinus allongé, étroit ; impressions superficielles ; nacre blanchâtre.

Ainsi qu'il est facile de s'en rendre compte par les
mesures ci-dessus, l'*A. nobilis* est la plus grande et
la plus belle espèce d'Espagne. En Europe, nous ne
voyons que l'*A. maxima* qui puisse lui être comparée pour les dimensions.

43. **Anodonta bicolor**, sp. n.

C. oblongo-elongata, subventricosa, tenuis, nitida, ad oras
striato-squamosa, bicolor : antice luteola, postice brunnea ;
margo dorsualis vix arcuatus, m. ventralis rectiusculus ; pars
postica elongatissima, in rostrum æquilatum longum obtusum
producta ; nates depressæ, plicato-undatæ, griseæ ; ligamentum
tenue ; crista humilis, elongatissima ; area elongatissima ; laminula simplicula ; sinus lanceolatus ; impress. superficiales ,
marg. pallide cærulescens. — Long. 130 ; alt. 65 ; diam. 40 mill.

Hab. l'Albufera de Valence (*Boscá*).

C. oblongue-allongée, subventrue, mince, fragile,
luisante, striée-squameuse sur une large bande du
pourtour, bicolore : jaune pâle sur la moitié antérieure, brun roussâtre sur la moitié postérieure ; bord
supérieur à peine arqué, bord inférieur horizontal ;
partie postérieure très allongée, terminée par un
rostre long, à peine atténué (équilibré), obtus ; som-

mets déprimés, plissés-ondulés, grisâtres ; ligament
mince, crête déprimée, très longue ; écusson fusiforme très allongé ; laminule rudimentaire, avec un
pli formant lamellule à son extrémité postérieure ;
sinus étroit, lancéolé ; impressions superficielles ;
nacre très faiblement bleuâtre.

44. Anodonta Martorelli, Bourg. in sched. ; Servain, Etud. moll. Esp. et Port. p. 166 (1880).

C. magna, oblonga, subventricosa, solida, nitida, ad oras
præsertim antice valde sulcato-costulata, luteo-virescens, fusco-
zonulata ; marg. cardinalis et infer. fere paralleli ; pars postica
in rostrum attenuato-truncatum producta ; nates depressæ,
striato-undulatæ ; area elongata, fusca ; lamellulæ distinctæ ;
impress. superficiales ; marg. albida, pallide cærulescens. —
Long. 120-135 ; alt. 65-70 ; diam. 38-40 mill.

Hab. l'Albufera de Valence (*Boscá ; Salvañá ; Martorell*).

C. grande, oblongue, subventrue, solide sans être
très épaisse, luisante, sillonnée-côtelée sur les bords
surtout à la partie antérieure, d'un jaune verdâtre,
avec des zonules brunes ; bords cardinal et inférieur
presque droits et parallèles ; partie postérieure assez
longue, terminée par un rostre atténué, largement
tronqué, un peu anguleux, le plus souvent dans une
direction ascendante par suite du relèvement du bord
inférieur du rostre ; sommets déprimés, souvent rubigineux, plissés-ondulés, les plis assez gros et espacés ; écusson allongé, brunâtre ; une lamellule rudimentaire, bien visible sur chaque valve, sous la
partie postérieure de la laminule ; impressions su-

perficielles ; nacre blanchâtre, légèrement bleuâtre .

45. Anodonta submacilenta Servain, Etud. moll. rec. Esp. et Port. p. 162 (1880).

Hab. l'Albufera de Valence (*Servain*).

Cette forme semble bien voisine de la précédente, et peut-être devront-elles être réunies. Elle vit avec l'*Anod. Martorelli*.

46. Anodonta viriata Servain, Etudes sur les moll. rec. en Espagne et Portugal, p. 169 (1880).

C. ovata, convexa, crassa, ad oras sulcata, nitida, viridi-fusca; margo cardinalis leviter arcuatus; m. ventralis vix sub-retusus ; m. anticus late semicircularis; pars postica in ros-trum attenuatum vix truncatulum desinens ; nates depressæ, plicatæ, atro-cæruleæ ; area castaneo-atra ; ligamentum vali-dum ; laminula validula; impress. superficiales ; callus margi-nalis convexus; marg. pallide cærulea. — Long. 115-120; alt. 68; diam. 35-40 mill.

Hab. l'Albufera de Valence (*Boscá; Hidalgo*).

C. ovale, convexe ou même renflée, épaisse, pesante, sillonnée surtout sur les bords, brillante, d'un vert brunâtre, presque noirâtre sur l'écusson ; bord cardinal faiblement arqué ; bord inférieur à peine subrétus ; bord antérieur largement semicir-culaire ; partie postérieure terminée par un rostre atténué, faiblement tronqué ; sommets déprimés, plissés-ondulés, d'un noir bleuâtre; écusson d'un marron noirâtre ; ligament fort ; laminule assez forte ; impress. superficielles ; callus marginal convexe, assez épais; nacre d'un bleu pâle.

Cette espèce semble moins abondante que les deux précédentes. Jusqu'ici, nous n'avons observé la coloration bleuâtre des sommets, due sans doute à un sel de protoxyde de fer, que sur deux *Unionidæ* d'Europe : l'*A. viriata* et l'*Unio Cumensis*.

47. Anodonta Valentina sp. n.

C. minor, oblonga, convexa, tenuis, læviuscula, nitida, ad oras tantum striata, pallide luteola ; margo dorsualis arcuato-angulosus, inf. rectiusculus ; pars postica in rostrum late truncatum producta ; nates depressæ, plicatulæ ; ligamentum tenue ; area bene conspicua, elongata ; crista sat prominula, compressa ; laminula tenuis ; impress. superficiales ; marg. albida. — Long. 65-80 ; alt. 40-45 ; diam. 25 mill.

Hab. le lac de Almenara, province de Castellon *Boscá*).

C. assez petite, oblongue, convexe, mince, lisse, luisante, avec quelques stries squameuses sur les bords seulement, d'un jaunâtre pâle ; bord supérieur très arqué, anguleux ; bord inférieur à peu près droit ; partie postérieure terminée par un rostre atténué, largement tronqué ; sommets déprimés, plissés ; ligament mince, jaunâtre, presque recouvert ; crête postéro-dorsale assez élevée, comprimée ; écusson bien marqué, allongé ; laminule mince ; impressions très superficielles ; nacre blanchâtre, brillante.

Cette espèce semble, en Espagne, un des rares représentants du groupe des *A. anatina* (des auteurs) ou espèces voisines. Elle n'est pas commune.

48. Anodonta emacerata sp. n.

C. minor, oblongo-elongata, compressula, solida, ad oras
striato-squamosa, antice griseo-luteola, postice pallide brunnea;
margo dorsualis equiarcuatus, m. ventralis rectiusculus ; pars
postica elongatissima, in rostrum longum late truncatum producta; nates depressæ, plicatulæ, pallidæ ; crista prominula ;
area elongatissima ; laminula simplicula ; impress. superficiales ; marg. albida. — Long. 85 ; alt. 45; diam. 25 mill.

Hab. l'Albufera de Valence (*Boscá*).

C. assez petite, oblongue-allongée, subcomprimée, solide sans être bien épaisse (un peu transpa-
rente), striée-squameuse sur les bords, d'un gris
jaunâtre antérieurement, roussâtre postérieurement;
bord dorsal équiarqué; bord inférieur rectiligne ;
partie postérieure très allongée, se terminant par
un rostre long, un peu atténué, largement tronqué ;
sommets déprimés, faiblement plissés, grisâtres ;
crête assez prominule ; écusson fusiforme très allongé;
laminule rudimentaire ; impressions superficielles ;
nacre blanchâtre.

Cette espèce est sensiblement plus allongée et
plus solide que l'*A. Valentina*, avec laquelle elle a
des affinités et au groupe de laquelle elle semble se
rattacher.

———————

La superficie de l'Albufera de Valence (V. p. 13)
se rétrécit chaque jour davantage, par suite de l'extension de la culture du riz, et déjà elle n'est plus
ce qu'elle était lors des derniers relevés statistiques.

Il y a même un projet de dessèchement complet. Suivant M. le Dʳ Boscá, cette surface se réduirait aujourd'hui à 1500 hectares environ ; sa plus grande profondeur est de 5 à 6 mètres, en certains endroits du centre : sur les bords, elle est d'un mètre, comme il a été dit.

La vie animale y est très développée et le catalogue d'une faune aussi intéressante, à tous égards, serait d'autant plus opportun, que ce lac, s'il est donné suite au projet, disparaîtra dans un avenir plus ou moins éloigné. Nous citerons notamment parmi les reptiles : *Tropidonotus viperinus;* parmi les poissons : *Lebias ibericus, Hydrargyra hispanica, Acanthopsis tænia, Cyprinus carpio* var., *Barbus Bocagei, B. caninus, Squalius cephalus, Mugil cephalus, M. capito, M. auratus, M. chelo, M. labeo, Anguilla acutirostris, A. latirostris, A. mediorostris, Gasterosteus aculeatus, Siphonostoma rubescens ;* parmi les mollusques : *Melanopsis Dufourii, M. Graellsii, Limnæa ovata, L. palustris, Physa acuta, Planorbis subangulatus, Ancylus* sp., *Neritina* sp., *Valvata* sp., *Bythinia tentaculata, B. similis, Sphærium* sp., *Pisidium* sp., etc. ; parmi les insectes : *Laccophilus hyalinus, L. variegatus, Colymbetes fuscus, C. pulverosus, Hydaticus Leander, Cybister africanus, Hydrophilus pistaceus, Libellula erythrea, Œschna grandis, Agrion puella, Nepa cinerea, Anisops productus, Corixa atomaria,* etc. ; parmi les crustacés : *Caridina Desmaresti, Palæmon squilla, Gammarus pulex, Daphnia* sp., *Apus cancriformis ;* parmi les spongiaires : *Spongilla fluviatilis, S. lacustris,* etc. Un grand nombre de plantes aquatiques, parmi lesquelles beaucoup de *Nymphéacées, Naia-dées, Alismacées*, etc., habitent ce vaste réservoir.

Quant à l'Albufera d'Elche, et au *Mar Menor* (prov. de Murcie), tous deux seraient des lagunes saumâtres (Dr Boscá, in litt.).

Dans la partie méridionale de la province de Sé-ville, il existe plusieurs cours d'eau, tributaires du Guadalquivir et du Guadalete, portant le nom de *Salado*. Ces ruisseaux coulent sur un sol formé par des argiles faiblement salifères. C'est ainsi que, pendant la saison des pluies, ils charrient des eaux à peu près douces. Mais en été, lorsque la quantité de liquide diminue, ils deviennent salins et si l'eau finit par disparaître, les bords se couvrent de minces couches blanches de sel. D'où le nom de *Salados*, donné à ces ruisseaux (Dr Calderón, in litt.).

ERRATUM

Page 27, ligne 15, supprimer : le Tajo *(Salvañá).*

Par suite de renseignements plus précis, survenus au cours d'impression, cette indication semblerait incertaine.

ICONOGRAPHIE

Pour une famille où la détermination spécifique
est hérissée de difficultés, le lecteur nous accordera
volontiers que la figuration des espèces proposées
comme inédites s'impose. Nous croyons même
pouvoir dire, sans trop de témérité, que celles-là
seulement resteront, qui auront été bien décrites
et bien figurées : les autres sont exposées, tout au
moins, à être reléguées dans l'ombre ou méconnues.
Et, en effet, lorsqu'il s'agit, comme c'est ici le cas,
de formes qui souvent ne diffèrent les unes des autres que par des caractères réduits quelquefois à
l'état de nuances, le moindre dessin vaut mieux
qu'une longue description, ou plutôt l'un complète
l'autre. Dans tous les cas, une description diffuse
ou trop minutieusement détaillée ne remplit pas,
seule, le but à atteindre. C'est dans cette pensée, et
guidé par ces principes, que nous avons fait figurer,
comme il suit, les *Unionidæ* présentés comme
inédits dans ce mémoire. En matière de zoologie
descriptive, il nous paraît indispensable, aujour-
d'hui, d'accorder une large place à l'iconographie.

Les planches qui accompagnent cette monogra-
phie sont dues au crayon habile de M. Arnoul.

Pl. I

 Imp.Becquet H. Paris

EXPLICATION DES PLANCHES

PLANCHE I

FIG. 1. *Anodonta glaucina;* le Miño, à Tuy.
FIG. 2. *Unio Almenarensis;* Almenara.
FIG. 3. *Anodonta adusta ;* Albufera de Valence.
FIG. 4. *Unio Turdetanus ;* le Salado de Moron.
FIG. 5. *Anodonta bicolor;* Albufera de Valence.
FIG. 6. *Unio circinatus;* le Júcar, à Aljemesi.
FIG. 7. *Unio rhysopygus ;* Acequias de Almenara.
FIG. 8. *Anodonta latirostris;* le Tordera.
FIG. 9. *Unio decurtatus;* le Duero, à Zamora.

PLANCHE II

FIG. 1. *Anodonta emacerata ;* Albufera de Valence.
FIG. 2. *Unio callipygus ;* le Guadiana, à Ciudad-Real.
FIG. 3. *Anodonta Valentina;* lac de Almenara.
FIG. 4. *Unio limosellus ;* le Jarama.
FIG. 5. *Anodonta nobilis ;* Albufera de Valence.
FIG. 6. *Unio gravatus ;* Espagne.
FIG. 7. *Anodonta mollis ;* lac près de Valence.
FIG. 8. *Unio cameratus;* l'Ulla, à Rosende.
FIG. 9. *Anodonta prasina ;* le Támega.

DIJON. — IMP. DARANTIERE, RUE CHABOT-CHARNY, 65

(Extrait des Mémoires de l'Académie de Dijon,
IVe Série, tome IV, années 1893-1894).

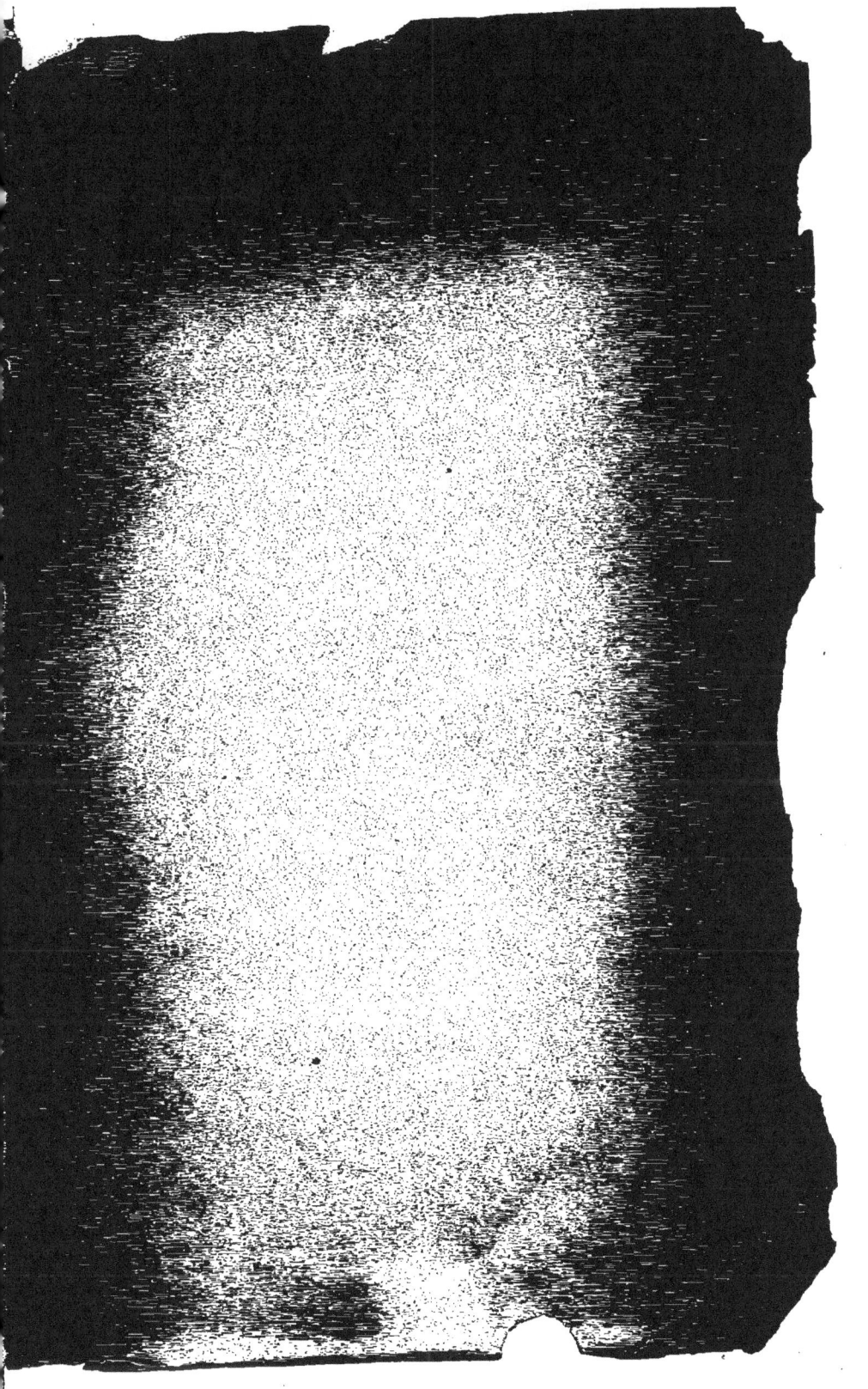

www.ingramcontent.com/pod-product-compliance
Lightning Source LLC
Chambersburg PA
CBHW070746280626
47162CB00017B/2384